괜찮지만
괜찮습니다

섬에서 보내는 시 편지

괜찮지만
괜찮습니다

글·사진 시린

대숲바람

차례

나는 아직 시인이 아닙니다. 사진가도 아닙니다.
그런데도 덜컥 책을 내려 합니다. 이는 준비가 덜 되었다는 고백이
기도 합니다.
세상을 살아간다는 건 만만치 않은 일이라서 끊임없이 자신을 증
명해야 하더군요. 늘 당신은 뭐하는 사람이냐는 질문을 받습니다.
나는 평범한 사람입니다. 장애가 있습니다.
글을 씁니다. 시를 쓰고 사진을 찍습니다. 그런데 어쩐지 점점 힘
이 듭니다.
선주민과 이주민을 가르는 시선이 종종 제주살이의 어려움이듯(노
파심에 덧붙이자면 이는 양쪽 모두의 어려움입니다) 예술인과 비예술인, 장애인과
비장애인을 자꾸만 구분 지으려는 세상의 말들이 벽이 됩니다.
하지만 이 글들은 벽을 넘으려는 시도가 아닙니다. 그럴 능력도 자

격도 없지만 그전에 제가 너무 게으릅니다. 여기에 모은 말과 사진들은 스스로 틀어박힌 구석이 심심해지면 가끔 흘려보내는 편지일 뿐입니다. 책의 (가)제목도 시(詩)한도라 붙였었지요. 시건방지게 추사 김정희의 흉내를 내어본 겁니다.

저는 어릴 때부터 세한도를 참 좋아했지요. 왜인지는 모르나 처음 그 그림을 본 후로 어느 시간 어느 장면에서 불쑥불쑥 떠올라 눈앞의 풍경에 겹쳐지는 겁니다. 그럴 때마다 종이며 펜을 찾곤 했지요. 좀처럼 옮기지는 못했지만. 그게 시라는 걸 한참의 세월을 헛짓거리로 잃은 후에야 알았습니다.

하여, 사진과 시는 제게 같은 의미입니다. 이 또한 처음엔 몰랐지만요. 카메라를 들고 있을 때나 펜을 들고 있을 때나 내가 찾아다니고 있는 건 시의 조각들이더군요. 필명으로 삼은 시린(詩鱗)은 그런 뜻입니다. 비늘 하나라도 더 모으고 싶은 바람입니다.

무작정 제주에 와서 무작정 카메라와 펜을 들고 나가 헤매 다니다보니 가끔은 간절함이 닿기도 했던 모양입니다. 풍경이 맨얼굴로 보내는 위로를 받기도 하고 죽도록 써지지 않던 글도 조금은 쓰게 되었습니다. 제주는 그런 곳이더군요.

이 책은 그런 글들을 모은 겁니다. 스스로 떠나온 곳에서 문뜩 그리움에 서성일 때, 그래도 잘 지내고 있다고 편지를 씁니다. 괜찮다고, 하지만 조금 쓸쓸하기도 하다고. 그럴 때마다 당신을 생각한다구요.

이쯤에서 또 하나 고백해야 할 게 있습니다. 돌아오지 않는 기별이 아쉬워 여기저기 주왁거리기도 했음을요. 글 중 일부는 잡지(JDC사보)와 동인지에 실리기도 했고 공저로 발간한 사진집(제주시/서귀포시 중산간마을)에 들어간 사진도 몇 장 있습니다. 여러 해 여러 날에 뜨문뜨문 쓰다 보니 어떤 날은 공손한 존댓말이고 다른 날은 반말지거리입니다. 편집 과정에서 일부 손을 보긴 했으나 본래의 글맛을 살리기 위해 그대로 둔 글도 제법 있는 까닭입니다. 널뛰는 변덕을 부디 양해해 주시길요.

파울 첼란(Paul Celan)의 이름을 감히 빌립니다. 시는 유리병 편지(Flaschenpost)라 했지요. 우표도 소인도 없는 편지를 잘도 작은 유리병에 담아 몰래 나간 바다에 띄웁니다. 어느 바닷가에서 기다릴 당신에게 무사히 닿길 기도하며. 물론 편지를 읽고 안 읽고의 결정은 당신의 몫입니다. 아직 때가 아니라고 여긴다면 다시 띄워 보내셔도 됩니다.

나는 예술가도 작가도 아닙니다. 예술과 문학에 자격은 필요하지 않다고 믿는 보통 사람입니다. 다만 어눌하게 적어 넣은 말들 중 단 몇 개라도 당신에게 닿을 수 있기를. 이 바람은 제게 작지만 끝나지 않는 희망이 될 테니까요. 지금도 앞으로도 나는 '글 쓰는 사람'이고 싶기 때문입니다.

2019. 10. 14. 공천포에서

글쓰는 사람 시린(詩麟)

어느 해
어느 월 / 괜찮다.
슬프면 목놓아
울어도 되고
다시
웃어도 된다.
살아 있는 게
죄스럽다는
슬픈 말은
없어야 한다.

섬에 눈이 내리면

섬에 비가 내리면

다시 쓰고 싶은 시가 있습니다

먹구름을 보면 혹시 오늘일까

우산도 노트도 없이 걸어다닙니다

그림자는 오래전에 뜨거운 나라로 떠났습니다

바닥없는 모래사막을 푹푹 밟아

기억을 묻고 다닙니다

그래서 나는 오랫동안 시를 쓰지 못했지요

애써 떠올린 한두 마디 말들은

그림자를 찾아 뜨거운 태양 속으로

밤의 회색 속으로 스며들어

흔적도 남지 않습니다

고사리 장마가 시작되면

그림자가 돌아올까

안개에 갇힌 섬을 뒤져

눈물인 양 빗물을 흘리고 다니다가

비인 줄은 까맣게 잊고

눈물을 멈추는 법을 잊어버렸다며 웁니다

이 섬에 빙하기가 찾아와

비가 눈이 되고

기억을 삼킨 안개조차 얼어붙으면

날아간 말들을 데리고 그림자는 돌아와줄까요

바다에 눈이 내리면

꼭 다시 쓰고 싶은 시가 있습니다

나의 첫 카메라

카메라를 갖고 싶다고 처음 생각했던 건 언제였을까.

어릴 때부터 가난했던 나에게, 카메라는 갖고 싶다는 생각조차 못해 본 사치품이었습니다. 미술학원 근처에도 못 가 봤던 제가 어느날 갑자기 예대에 갈 거다, 했을 때 가족들은 뜨악한 표정을 감출 줄도 몰랐습니다. 애가 또 왜 이럴까 했을 테지만, 웬일인지 여러 말 붙이지 않고 등록금은 얼마나 되느냐 묻더군요. 5학기까지 다니던 대학을 그만둔 참이고, 새로 가려는 학교는 2년제이니 어차피 들여야 했던 등록금에 한 학기분만 더 보태준다 생각해 달라 뻔뻔하게 부탁했지요. 부모님은 알고 있었습니다. 말한 적 없고 물어보지도 않았지만 내가 어떤 지경이었는지, 삶을 어거지로 이어가고 있다는 걸 그때의 내 몰골을 보고 알았습니다. 몰골이란 말만 어울릴 만큼 내 모습은 말이 아니었습니다. 그런데 병자 같던 얼굴에서

약간의 생기라도 보았던 걸까요. 멀어서 다니기 괜찮겠느냐는 걱정으로 대화는 끝이 났습니다.

설렘도 없이 두려움만 잔뜩 지고 처음 학교를 가고, 수업 신청을 합니다. 첫 번째 난관은 뭘 하는 수업인지 짐작도 안 되는, 해괴한 단어가 난무하는 수업 제목들입니다. 내러티브의 기술, 사운드& 사운드 인스트레이션, 인터랙티브 미디어 아트… 외계어 속을 헤엄치던 중에 간단하고 분명한 '사진'이라는 제목이 보였습니다. 신청. 망설임도 고민도 없었습니다.

몇 만원이나 하는 두꺼운 교재를 사들고 간 첫 수업. 굉장히 복잡하고 난해한 말들의 연속이었다는 것만 기억납니다. 수업을 마치며 교수님이 과제를 내줍니다. 감도 100 흑백 필름으로 1롤, 컬러로 1롤, 감도 400 흑백 필름 1롤, 컬러 1롤, 총 4롤의 사진을 찍어올 것. 다음 시간에는 카메라와 필름을 가지고 오랍니다. 직접 현상을 할 거라는군요. 주변의 얘기를 듣고 알았습니다. 모두들 카메라가 있었습니다. 본인의 것이든, 아버지 것이나 가족 공용이든. 카메라가 없어서 과제를 할 수 없는 건 저뿐이었습니다. 모두의 과제이니 빌릴 수도 없는 상황. 저는 그 수업을 포기했습니다. 구멍난 학점은 다음 학기에 다른 수업으로 메웠습니다.

그 후로 15년이 지난 후에야 저는 카메라를 샀습니다. 15년 동안, 카메라는 수첩 한쪽의 사고 싶은 물건 목록 속 단어로만 존재했습니다. 갖고 싶어 안달하지는 않았습니다. 수시로 떠올려본 것도 아닙니다. 어떤 걸 살지 알아보고 돈을 모으거나 어떤 사진을 찍을지 상상해 보는 법도 없었습니다. 그냥 수첩이 바뀔 때마다 옮겨 적었습니다.

처음 손에 든 카메라는 특별할 것도 없었습니다. 당연히 사야 할 것을 당연히 샀을 뿐이었습니다. 틈만 나면 사진을 찍으러 나간 적도, 글쎄요. 별로 없는 것 같군요.

나는 사진을 왜 찍는 걸까? 가끔 스스로도 의아해 질문을 던져 봅니다. 딱히 좋아하지도 않습니다. 당신은 사진 찍는 게 취미냐는 말에 그렇다고 대답할 만큼 즐기는 것도 아닙니다.

아무래도 답이 안 떠오르는군요. 질문을 바꿔야 할 모양입니다. 사진으로 나는 무엇을 했나? 아니, 사진이 내게 무엇을 해줬을까요?

지난여름 포구 사진을 찍으러 갔을 때입니다. 한창 사진을 찍고 있는데 어떤 이가 말을 걸어왔습니다. 목에 카메라를 걸고 있습니다. 무슨 작업 중이냐고 묻습니다. 저는 그냥 사진을 찍고 있을 뿐 작업 같은 건 아니라며 우물쭈물했습니다. 지금껏 촬영 중에 유쾌하지 못한 사람들을 제법 마주쳤던 터라 경계했던 겁니다. 그런데 붙임성 있게 이런저런 얘기를 하는 이 사람은 왠지 친근하기도 합니다. 평소라면 벌써 자리를 피했을 텐데. 자기 소개를 하는데 이런, 아는 이름입니다. 온라인에서 알음알음으로 서로의 존재를 알고 있던 친구의 친구 사이입니다. 우연한 만남이 반갑고 놀랍고 조금 기쁘기마저 했습니다. 카메라가 없었더라면 서로를 알아볼 수 없었을 겁니다.

처음은 아닙니다. 그 전에도 후에도 카메라가 있어서, 사진 때문에 만난 사람들이 있습니다. 거짓말처럼 모두 좋은 사람들이어서, 오래 알아온 사이도 아닌데 금세 친해지고 빠져들곤 합니다. 만남은 매번 놀라우며 기쁨입니다.

사진은 내게 사람을 만나게 해주고, 깊게 눈을 맞추게 하고, 대화를 나눌 수 있게 합니다. 그렇게 내 삶을 조금씩 바꾸고 있습니다. 오랫동안 죽어 있던 내 맘에 조금씩 생기를 보태어 줍니다.

나는 사진을 찍습니다.

사진에
부침

사진이 없었더라면

내가 밟은 세상의 넓이를 어찌 알았을까

사십이 년 십 개월간 눌리어온

딱딱하게 쪼그라든 내 껍데기 주름이 만든 길을

등허리에 패인 땀얼룩 살비듬의 지도를

버리지 못한 그러나 결국 자기에게 보여야만 할 뒷모습을

볼 수 있었을까

차마 웃을 수 있었을까

네가 없었더라면

괜찮다고
말해주세요

어둠만이 보이는 시간. 높은 오름에 오른다.

새벽은 아직 멀었다. 아니, 오기는 할까? 이 짙은 어둠이 사라지기는 할까?

보이지 않는 발밑을 더듬으며 가파른 길을 오르다보니 몇 걸음 안가 숨이 찬다. 머리카락을 곤두서게 하는 들짐승의 울음소리보다 내 심장소리가 더 크게 들린다. 무서움이 사라진다. 그래 살아 있었지. 이렇게 무거운 몸이었구나. 정신의 상처에 비하면 육신의 고통은 아무것도 아니라며 대단한 이성이라도 가진 양 잘난 척해봤자, 숨이 차면 아무것도 못하는 약한 존재일 뿐이다.

숨을 고르고 다시 걷는다. 풀숲에서 자고 있던 산새가 인기척에 놀라 날아간다. 미안하다. 잠을 깨웠구나. 나는 사실 너를 위협할 어떤 무기도 없고 너처럼 날지도 못하는, 별 힘도 없는 짐승일 뿐인데. 살아 있는 존재란, 그럴 의도가 없이도 누군가에게 위협이 될 수 있구나. 조심하자.

되도록 소리를 내지 않으려 애쓰며 계속 올라간다. 얼굴이 땅에 닿을 듯 허리를 숙이고 기다시피 한참을 오르니 뺨에 닿는 바람의 방향이 바뀐다. 몸을 펴본다. 다 올랐다.

올라온 길을 돌아본다. 길인지 풀숲인지 분간도 안 되는데 계속 뚫어져라 쳐다본다. 확인할 무언가라도 있다는 건가.

동쪽을 바라보지만 하늘과 바다가 닿은 언저리가 아주 조금 희부옇게 보일 뿐이다. 해가 뜨려면 아직 멀었다. 아무렇게나 앉아 심장소리가 잦아들기를 기다린다. 오래전에 친구와 함께 해돋이를 보러 갔던 토함산에서 추위에 덜덜 떨었던 기억이 떠오른다. 지금은 그때만큼 춥지도 않은데.

그러고 보니 요즘 나는 지나간 시간들만을 되풀이해서 떠올리고 있다. 깊숙한 곳에 묻혀 있던 기억들이 불쑥 떠오르곤 한다. 그리고 후회가 따라온다. 그러지 말았어야 했는데. 누구에게 하는지 모를 사과를 한다. 잘못했어.

지나온 날들에는 좋은 시간도 분명 많았을 텐데 어찌된 일인지 떠오르는 기억들은 모두 후회뿐이다. 잘못 살아왔구나. 자책한다. 지나온 시간들은 다 잘못이었다고. 모든 힘든 일들은 다 내 탓이라고. 이렇게 후회뿐인 삶이라면, 살아 있는 의미란 뭐지?

동쪽 하늘에는 아직 빛깔이 없다. 검은 하늘 위로 더 검은 다랑쉬 오름의 능선이 희미하게 떠올라 있을 뿐이다. 나는 지금 여기서 뭘

하고 있는 걸까. 여기에 무엇을 하러 왔나.

처음으로 돌아가서 생각해 보자. 왜 제주여야만 했을까.

왔다가 돌아가는 여행이 아니라, 이곳에 머물고자 했던 이유.

나를 부르는 소리가 있었다.

스무 살에 처음 찾아왔던 제주는 이 세상 같지 않은 고요함과 아늑함이 있었다. 나도 모르게 가던 길을 멈추고 말했다. 나중에 나이를 좀더 먹으면 이곳에서 살아야겠어.

그 순간, 겹쳐 지나가던 무수한 차원 중의 어느 한 차원에서, 시간이 정지했다. 그리고 그 순간의 모든 정보가 내 몸 세포 하나하나에 새겨졌을 것이다. 그때 맡았던 공기의 냄새, 길가에 있던 동백나무 잎의 빛깔, 멀리 보이는 바다의 색과 파도에 부서지던 햇빛, 바람인 듯 파도인 듯 우련 들려오던 소리, 피부에 닿던 햇볕의 온도와 바람의 감촉. 그 모든 것들을 지금도 뚜렷하게 떠올릴 수 있다.

그 후로 소리가 들려오기 시작했다.

소리는 세월이 가고 나이를 먹을수록 점점 커졌다. 삶의 골목을 헤매거나 잠시 주저앉아 있을 때면 더 끈덕지게 나를 불렀다. 결국 나는 기대도 그리움도 아닌, 가야 한다는 절박함으로 제주에 왔다. 이곳에서 살아가기 위해서.

땀이 식은 이마에 닿는 바람이 선뜩하다. 시간이 흐르고 있기는 한 걸까? 생각보다 가까이서 들리는 짐승의 소리에 불안한 마음이 슬며시 되살아난다. 어둠이 무서운 건 언제 끝날지 알 수 없기 때문일 거야.

아침은 오지 않을지도 몰라.

다시 고개를 드는 데 얼만큼의 각오가 필요했을까. 어느새 성산 앞 바다가 푸르고 붉게 물들어 있다. 수평선 바로 아래까지 해가 올라온 거다. 어두운 동안 땅 속을 부지런히 한 바퀴 돌아, 어느새 저 앞에 와 있다.

공기가 데워지기 시작한다. 어느 정도 거리인지 가늠할 수도 없이 멀리 있는 행성 덕분에 몸이 따뜻해진다.

해가 떠오른다.

아침이다.

그리고 나는, 살아 있구나. 떠오르는 해를 보며 아름답다 느끼는구나.

더 이상 똑바로 볼 수 없을 때까지 바라보다 부신 눈을 돌려 돌아본다. 어둠에 묻혀 있던 모든 존재가 모습을 드러내고 있다.

그리고 한라산이 있다.

여기 있는 모든 존재들을, 들판과, 길과, 마을과, 나무와 돌과 그 모든 생명들, 작은 섬들과 섬 주위의 바닷물까지 품에 안고 앉아 있다.

한라산은 높이 솟은 산이 아니었다.

산이 아니다. 이곳의 살아 있는 모든 것들과 죽은 존재들까지 다 안고 있는, 땅이다.

한라산은 나를 내려다보지 않는다. 그저 여기에 있다.

그렇구나. 내가 왜 이곳에 왔는지 알겠다. 이 모습을 보기 위해 왔구나.

모든 것을 품고 있는 한라산과 그 안에서 살아가는 삶을 보기 위해.

풀이 무성하게 자란 무덤과 작은 풀씨 하나, 모래알 하나까지 아껴 품고 있는 저 산이 말한다.

괜찮다. 여기 있어도 된다고.

한라산. 어깨를 맞댄 오름들. 그 안에서 살아가는 사람들과 모든 생명들. 수백 년을 살아온 나무들과 해마다 피고지는 풀과 꽃들. 이 섬을 받쳐주는 돌과 곡식을 키워내는 흙. 이 땅에 있는 것 어느 하나, 아름답고 귀하지 않은 건 없다.

그러니 괜찮다. 살아 있음을 부끄럽게 여기지 않아도 된다.

들이쉬는 숨조차 고통이었던, 후회만을 해오던 나에게 떨리는 손으로 건네는 최초의 눈물과 위로.

괜찮다. 슬프면 목놓아 울어도 되고 다시 웃어도 된다.

웃어서 미안하다는, 살아 있는 게 죄스럽다는 슬픈 말은 없어야 한다.

숨죽여 숨어 있는 생명들에게 그렇게 말을 건넨다.

언덕 아래 누운 무덤과 그 위에 피어난 꽃에게. 겨울을 견디고 땅 위로 작은 손 내민 고사리에게. 짧은 수명을 마치고 땅 위에 흩어진 꽃잎들에게.

괜찮다.

괜찮다.

시 집 은
어 디 에 있 나 요

이사 온 동네

전입신고를 하러 간다

새 주소가 붙은 주민등록증을 받고 나오니

왔던 길이 사라졌다

괜찮아 아직 주소를 외우지 못했으니까

물어 물어 동네 한 바퀴

농협은 여기에 공업사는 저기에

바다가 보이는 큰길에 버스정류장이 있고

정류장 옆에 우체국이 건너편엔 약국이

다리를 건너 마트에서 라면을 사고

파출소 다음 모퉁이 철물점에서 멀티탭을 사면서

서점은 어디에 있나요

사투리가 아니라서일까 대답이 돌아오지 않는다

천원샵에 들르고 문구점도 기웃거리다가

해장국집 국수집을 지나고 빨래방을 돌아 이용원 옆 골목으로

길 끝의 낯익은 간판에 이끌려 편의점으로

어서 오세요 물은 이쪽에 휴지는 저쪽에

커피와 맥주는 안쪽 냉장고에 있습니다

입에 문 물음을 차마 못하고

진열대 사이를 헤매다가 캔맥주만 사고 나온다

찾아야 할 낯선 주소를 우물우물 되새기며

시집은 어디에 있나요

3월 / 계절은
기억처럼
문득 돌아온다.
봄이 오는
길목에
내린 눈처럼.
지난겨울
떨군 꽃을
기어이 또
피워내는
동백처럼.

하 늘 래 기

겨울이 시작될 무렵이면 노란 열매가 대문에 달립니다. 하늘에서 온 애기가 잡귀를 쫓아준다고도 재물을 가져다준다고도 합니다.

집에 오니 안거리 아주머니가 마당에서 달래를 다듬고 있습니다.

달래네요 인제 진짜 봄이구나 - 잘도 알암쩌 - 아직 모르는 게 더 많아요 - 낼랑 비온다고 하난 얼릉 치아불게 - 대문에 달아났던 열매가 없어졌네요 - 감기 걸려부난 어제 달여 먹었주게 경해도 안 나사⋯ 프에취.

아는 것도 많아졌고 아주머니의 사투리도 곧잘 알아듣게 되었습니다.

처음 이사 왔을 땐 달래 알뿌리 보고 이거 마늘이냐고 한 적도 있고 대문에 달려 있는 열매가 뭔지 궁금해 묻긴 했지만 아주머니 애기를 조금도 알아듣지 못했지요.

옛날엔 엿장시 오면 약으로 폴기도 하곡 엿 바꽈 먹기도 했주게 –
방액으로 한댄 허는데 나는 걍 감기약으로 쓰맨 – …영…영 혼디
영 영 넣고 달여 먹는거주 – 겐디 효과가 어서… 프에취 – 춥다 드
가라 드가.

늦긴 했지만 효과는 있었답니다. 아주머니를 떠난 감기가 저한테
왔으니까요. 하늘래기 맛이 사뭇 궁금합니다. 겨우내 빨아들인 햇
빛 눈 바람은 어떤 맛일지요.

기	대	어		선
모	든		너	에	게

넘어지지 않기를

희망의 무게가 너의 등을 휘게 하고

누구에게나 평등한 빛이 눈을 멀게 하여도

똑바로 바라보기를

봄에 기대어

동 백 에 게

계절은 기억처럼 문득 돌아온다. 봄이 오는 길목에
내린 눈처럼. 지난겨울 떨군 꽃을 기어이 또 피워내는 동백처럼.

겨울에 찾아갔던 동백숲에 꽃은 아직이었다
겨울에 피어 동백이라지만 봄이 가까워야 꽃을 피우는 나무가 더
많은 까닭이다. 일찍 피는 건 대개 애기동백이다. 일본에서 들어온
애기동백은 키 작은 나무에 꽃잎이 활짝 벌어져서 피었다 한 장씩
떨어진다. 꽃잎이 포개져 피고 꽃송이 통째로 지는 토종 동백은 조
금 더 기다려야 했다.
그런데도 시린은 기어이 동백숲을 찾아갔다. 제주 어디에나 동백
은 있다. 올레며 울담에 흔히 있으니 꽃을 보자면 어딘가로 갈 필
요는 없다. 그런데 지루하던 겨울 어느 밤에 문득, 동백나무숲이
생각났다. 꽃이 없어도 언제나 어제처럼 푸르게 서 있을, 300년 동

백숲의 이야기를 듣고 싶었다. 겨울이 지나간 지금 다시, 동백숲으로 간다.

동백마을이라 부르는 마을이 있다

남원읍 신흥1리는 바당마을이고 2리는 중산간마을이다. 신흥2리에 제주도기념물 27호인 동백나무군락지가 있다. 마을 가운데에 수령 300년이 넘는 동백나무의 숲이 있는데, 최초의 설촌터였다고 한다. 동백과 마을이 함께 삶을 시작하고 이어온 것이다. 신흥2리 주민들은 설촌 300년이 되는 2007년에 시작한 '동백마을' 만들기를 꾸준히 이어오고 있다.

동서남북 어느 쪽에서 오든, 마을이 가까워지면 언제부턴가 길 양옆에 나타난 동백나무가 제대로 찾아왔음을 알린다. 키 큰 나무와 새로 심은 듯한 어린 나무 모두 동백이다. 오래된 나무들은 가로수라기보다 벽이다. 짙은 초록의 벽에 싸인 길을 홀린 듯 미끄러져 동백마을에 들어선다. 꽃이 와자작(활짝) 필 때 이 길을 운전할 때는 엄청난 인내심이 필요하다. 버티려 해도 자꾸만 고개가 돌아간다. 햇빛이 과랑과랑(쨍쨍) 할 때도 조심해야 한다. 수북한 동백잎이 팅겨내는 햇빛이 그리는 만화경에 아찔해지기 일쑤니까.

마을에 동백나무가 많은 게 아니라 동백숲 속에 마을이 있다고 해야겠다

가로수도 울담도 농원 길에도 – 올레의 시작과 끝, 마당이며 물벅^(물부엌,보조주방)에도… 동백. 집보다 사람보다 나무가 더 많다. 그런데 이상하다. 한 번도 이상하게 여긴 적이 없어 더 이상하다. 이렇게 나무와 꽃으로 가득한데 냄새가 없으니 말이다. 동백은 향이 없다. 그러나 어쩌면 다행인지도. 반짝이는 초록잎에 선명한 붉은 꽃. 여기에 향기까지 더해졌다면 그야말로 치명적이었을 거다. 이 추룩^(이렇게) 마을 가득 뒤덮지 못했을지도 모른다. 화려함도 지나치면 독이 될 테니.

사실 제주의 동백은 한겨울에 피는 꽃을 보기 위함보다는 방풍림이 많다. 동백의 빽빽한 가지와 잎이 바람을 막기 좋아 집과 밭의 울담으로 많이 심었다. 기름을 얻기도 한다. 지금이야 동백기름을 머리에 바르는 일은 별로 없지만 먹거나 화장품의 원료로 쓴다. 신흥2리에서는 마을에서 운영하는 '동백방앗간'에서 기름을 만들어 판매한다.

새벽 동백숲은 기척으로 가득하다

어둠 속에 발을 들이면 가지마다 수런수런. 하늘이 밝기 시작하면 더욱 분주해진다. 여기저기서 푸드득 툭 툭. 보이진 않지만 숲에 가득할 동박생이^(새)일 테지. 동박낭^(나무)은 보기 드문 조매화로,

동박새가 꽃가루를 나른다. 벌나비가 거의 없는 겨울과 이른 봄에 꽃을 피우니 동박새가 없다면 열매를 맺지 못할 거다. 향이 없는 동백은 빛으로 새를 유혹한다. 동박새는 동백 꿀을 좋아해 나무 주위에서 으레 볼 수 있어, 동박낭과 동박새의 이야기가 흔히 내려온다.

옛날 어느 나라에 포악한 왕이 있었는데 왕위를 물려줄 자식이 없었다. 자신이 죽으면 동생의 두 아들이 뒤를 잇게 되는데, 왕은 그게 싫어 조카들을 죽이려 했다. 동생은 이를 눈치 채고 아들들을 도망치게 했으나 발각되어 동생과 두 아들 모두 잡혀온다. 왕은 동생에게 아들들을 직접 죽이라고 한다. 차마 그러지 못한 동생은 스스로 목숨을 끊었다. 아방(아버지)은 붉은 피를 흘리며 죽고 두 아들은 생이(새)로 변해 날아갔다. 죽은 아방은 동박낭이 되었고 후에 크게 자라나니 날아갔던 두 마리 생이가 돌아와 둥지를 틀었다. 이 새가 동박새라는 이야기다.
오래된 숲에는 이야기가 있다. 생명이 있는 땅 어디든 저마다 많은 이야기와 기억들이 있다.

45

기어이 봄

한껏 자란 고목은 많은 꽃을 피우지는 않는다. 겨울부터 봄까지 조금씩 피고 짐을 반복한다. 툭, 툭, 등뒤에서 나는 소리에 화들짝 돌아보면 어느새 내려온 붉은 꽃송이. 먼저 피었다 스러진 생이 여전히 아름다워 애달프다. 아픈 기억처럼 그늘의 잔설 위에 흩어져 있다.

300년 동백숲에 아침햇살이 스며든다. 애써 잊은 기억이 저미듯 우련 붉게 물든다.

시린은 긴 겨울을 지겨워하면서도 봄이 오기를 바라지 않는다. 아픈 기억 때문이다. 묻어 버려도 묻어 버려도 기어이 돋아나는 기억 말이다. 이 땅에는 아픔이 있다. 우리에게는 아픔이 있다. 시간이 흘러 하루가 1년이 되고, 4년이 되고 70년이 되어도 아픔은 사라질 줄 모른다. 계절과 함께 돌아와 피어나고 스러지고 또다시 핀다. 애써 묻으려 하지 마라. 잠시 잊었거나 조금 늦어질 뿐. 너는 다시 올 테니 다음 봄에 만나자.

46

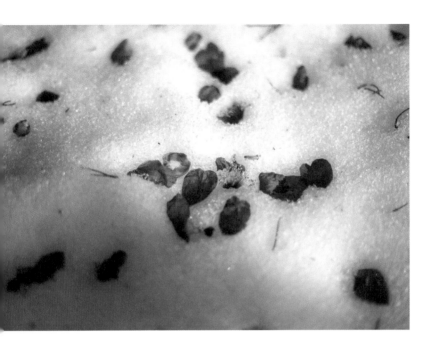

무 꽃 이
나 에 게

햇살이 자꾸만 머리끄덩이를 붙든다

너 죽어도 나 살 테지만

그래도 살라고 죽지 말고 살라고

온몸이 멍들도록 몸살을 치고

봉두난발 저승꽃이 날리더라도

뉘에게라도 꾸역꾸역 매달려서 살라고 구차하게 살라고

햇살이 나에게

| 해 | 후 |

잃어버렸던 약속이 돌아왔다
새벽이 절망이 아니었던 날
남은 시간을 셀 수 있던 날로부터 얼만큼의 거리를 걸어
이제야 도착한 남루한 노래
지켜야 할 아무것도 남지 않은 곳으로
돌아와야 했던 살아 있었던
기다림이 희망이었던

4월 / 그래서
풀꽃들은
여린 바람에도
후드득 후드득
몸을 떨며
눕는가 보다.
오래전 그날들에
피어 있던
바로
그 꽃이어서.

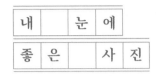

내 눈에 좋은 사진

누가 뭐래도 내가 좋은 사진이 있습니다. 앞에 있는 사진이 그 중 하나입니다. 저는 소위 사진 전공자가 아닙니다. 대학이나 아카데미에서 전문적인 교육 과정을 밟지 않았습니다. 물론 파지법부터 시작해서 초보 소리만은 듣지 않게 만들어주신 분이 있습니다. 또한 무식하여 용감했던지라 온라인 쇼핑으로 뚝딱 사들인 저의 첫 카메라를 손에 든 이후로 많은 분들이 저의 선생님이 되어 주셨습니다.

선생님들에게 들은 말 중 이해하지 못하는 채로 머리에 아껴 담아 둔 말이 있습니다. '사진 전공자는 찍을 수 없는 사진'이라는 말입니다. '누가 이걸 이런 식으로 자릅니까' 그렇게 얘기하며 웃기도 했지요. 칭찬과 격려의 의미로 한 말입니다. 다만 아직 제가 무슨 뜻인지를 모릅니다. 당연하죠. 그때나 지금이나 전 사진 전공자가 아니니까요.

처음부터 저를 보아온 사람들은 성장했다고 말하지만 보통사람들의 눈에는 그렇지 않은 모양입니다. 아직 서툴고 어설퍼 보이나 봐요. 촬영을 하다 보면 간혹 선생을 자처하는 사람들이 있습니다. 나이를 먹을수록 횟수가 줄어들긴 하지만 여전합니다. 뭘 찍으러 왔냐, 뭘로 찍고 있냐, 저기로 가서 저걸 찍어야지, 이건 이렇게 찍어야지, 뭐 그런 조언들을 듣습니다. 물론 그들을 선생으로 삼고 싶은 마음은 도라에몽을 데려다준대도 없기에(도라에몽에겐 다른 걸 부탁할 거예요) 사양합니다. 시크한 척 물리고 촬영을 이어가려 하는데 마음은 이미 일어난 정전기로 난발입니다. 도저히 안 되겠다 싶으면 그냥 돌아옵니다.

후유증이 있습니다. 며칠이면 괜찮은데 오래 간다 싶으면 수가 필요합니다. 선생님들의 말을 떠올립니다. 왜 좋은지 모르지만 그냥 내가 좋은 사진을 보기도 합니다. 보관해둔 선생님들의 말을 또 떠올립니다. 여전히 이해는 안 되지만 왠지 힘이 납니다.

언젠가 그 말이 이해가 될 날에 내 눈에 좋은 사진 한 장 공들여 찍어 들고 선생님들에게 인사 드릴 수 있기를. 그때까지는 놓지 않겠습니다.

그 골목의 계절

돌아가야 할 계절이 있다

그 골목엔 여름에 눈이 내리고

아침녘 아이들의 웃음소리

비가 오면 별이 내렸지

사월을
찾아가다

꽃이 피어서 봄일까.

산꼭대기 눈도 마저 녹아 눈물 흐르니 봄일까.

꽃이 피지 않아도 봄은 온다.

봄이 오지 않아도 사월은 온다.

사월이다

꽃 피는 봄. 어떤 이들은 이때만을 기다렸다는 듯 바다를 건너는
수고를 마다않는다. 온 섬에 넘실대는 유채와 벚꽃 물결을 보기 위
해. 그들에게 제주의 사월은 샛노란빛 분홍빛 환희일 것이므로. 좀
더 큰 꽃물결을 보려면 어디로 갈까 하고 묻는 지인들에게 시린은
동쪽 어디로, 남쪽 어느 마을로 가라고 친절하게 알려주었다. 그리
고는 북쪽으로 갔다. 어느 봄엔가 찾아갔던 곳, 소설 속에 나온 그
밭에 피어 있던 꽃이 떠올라서.

너븐숭이를 아시는지

너븐(넓직한) 돌밭이라는 뜻이다. 이추룩(이렇게) 고운 이름 속에 너무 큰 아픔을 품은 곳이다. 함덕에서 동쪽으로 차를 달리면 서우봉을 지나자마자 일주로로 옆으로 4.3 기념관이 보인다. 여기가 너븐숭이다. 70년 전의 비극 때 가장 많은 희생자가 나온 곳이자, 4.3을 이야기한 최초의 소설 – 현기영의 《순이 삼촌》의 무대이기도 하다. 시린이 처음 이곳에 온 건 단순한 호기심에서였다. 소설의 배경인 이곳에 문학비가 있다 하여 지나는 길에 잠시 멈췄던 거다. 그런데 순이 삼촌이 생을 마감하는 '후미지고 옴팡진 밭'이 길에 바로 붙어 있는 곳이었다니. 어이없음에 말을 잃었다. 차가 씽씽 다니는 큰길가에서 그토록 믿기 힘든 일들이 일어났다니. 물론 당시에는 땅의 생김이 지금 같지 않았을 테지만 이미 받은 충격은 조금도 줄어들 줄 몰랐다.

서 있는 비석은 '순이 삼촌'이라 새겨진 하나뿐. 소설의 문장이 새겨진 수십 개 비석들이 옴팡밭에 아무렇게나 널브러져 있다. 고개 숙여 묵념하는 자세로 한 구절 한 구절 따라간다.

한쪽에는 꽃밭 같은 애기무덤

흙도 얼마 없는 돌밭에 봉분도 없이 한아름쯤 크기로 돌을 둘러놓았을 뿐이다. 그런 돌무더기가 여남은 개. 아직 덜 핀 꽃밭처럼 보이니 무심히 지나칠 수도 있겠다. 수선화가 돌무더기를 감싸고 옹

기종기 앉았다. 꽃은 이미 시들었지만 푸르게 뻗은 줄기가 제법 씩
씩하다. 봄이 오기 전에 피었다 지는 키 작은 꽃. 구석마다 고개 숙
이고 앉은 이 꽃이 왜 이리 애달픈가 했더니 말 못하는 애기들을
닮아서였구나. 그래서 저렇게 애기들을 감싸 안고 있구나. 누군가
놓아준 노란 오리인형이 조금은 무서움을 덜어줄까. 애기무덤은
색색의 사탕과 과일, 꽃과 인형들로 늘 알록달록하다. 가끔은 꼬까
신이, 어른 손가락만한 양말이며 장갑이 놓여 있기도 한다. 세상에
서 가장 귀엽고 슬픈 무덤이다.

길 이름이야 어떻든

마을 쪽으로 걷다보니 4.3길이라고 적힌 리본이 올렛길 리본과 함께 점점이 걸려 있다. 길 이름은 아무래도 좋다. 올렛길 걷기, 꽃구경… 여행의 방법이야 다양하지만 역사를 아는 건 여행의 기술 중에서도 기본이자 고급 기술이다. 역사를 모르면 그 땅을 제대로 이해할 수 없으니. 때론 너무 슬픈 이야기가 발걸음을 무겁게도 하지만.

순이 삼촌의 옴팡밭이 아니어도 북촌의 밭은 대개 길보다 낮게 있다. 집들도 모두 바다를 등진데다 납작납작 엎드려 있어 지붕이 올레보다 아래 있기 일쑤다. 북쪽이 바다라서 일 년 내내 하늬브름(바람)을 맞는 마을. 모진 바람을 피하느라 밭과 집은 하물며 살아 있는 나무와 사람들 모두 온몸을 잔뜩 웅크리고 살아왔던 거다.

그래서 북촌의 나무들은 모두 산 쪽으로 굽어 있다. 북쪽을 등지고 허리 숙인 퐁낭(팽나무). 그 아래로 걸어가는 삼춘(삼촌)들의 모습 그대로다.

퐁낭은 말이 없지만

마을마다 있는 정자낭은 가장 높은 언덕배기나 길목 가운데 있게 마련이다. 거기서 모든 일을 지켜봐 왔다. 보호수 팻말이 세워진 몇백 살 나무들은 멀리서 볼 때 늠름하지만 가까이 가 보면 터지고 잘린 상처투성이다. 살았는지 죽었는지 가늠하기 힘든 퍼석한 거

죽이 종기마냥 울퉁불퉁 불거졌다. 이들에게도 이토록 모질었던 세월. 퐁낭은 온몸으로 기억하고 있다.

나무는 나이를 먹을수록 속을 비운다. 아무것도 없을 줄 알았는데 들여다보니 새싹이 올라오고 있다. 고목의 거친 껍질을 두르고 새 생명이 자란다. 다시.

사월은 늘 이곳에 머문다

지구 반대편의 섬에서 시공을 지나 날아온 시구절보다 몇 천 몇 만 곱절 잔인한 달. 돌아온 게 아니었구나. 늘 여기에 있었던 거다. 잠든 뿌리를 깨우고 죽은 땅에서 가느다란 생명을 키워내고 있다.(T.S.엘리엇의 〈황무지〉에서) 퐁낭의 빈 속에서 새잎을 틔우고 옴팡진 돌짝밭(자갈밭)에 꽃을 피운다. 그래서 풀꽃들은 여린 바람에도 후드득 후드득 몸을 떨며 눕는가 보다. 오래전 그날들에 피어 있던 바로 그 꽃이어서.

바람을 찢는 숨비소리

귀청을 파고드는 소리에 이끌려 어느새 바다 앞이다. 시린 물 위에 테왁꽃이 피었다. 도대불 앞에 앉아 좀녀 어멍들이 토해내는 숨비소리를 듣는다. 1915년에 세웠다는 이 도대불은 제주에서 가장 오래되었다. 고깃배들이 볼 수 있도록 불을 피웠던, 전기가 없던 시절의 등대다. 불 밝힌 모습이 문득 보고 싶어졌으나 이제는

볼 수 없을 테지. 테왁꽃이 모두 사라질 때까지만 앉아 있자. 오래 전 삼춘들은 도대불을 피워놓고 어멍아방이 탄 배가 무사히 돌아오기를 기다렸겠지. 아이들은 지금 나처럼 이렇게 앉아 바당에 든 어멍을 기다리기도 했을 테고. 삼춘들은 그렇게 먹거리를 구했고 마을을 다시 세웠다. 산 사람들은 살아나가야만 하니까. **살암시민 살아진다고.**

숨

목숨만큼 길었을 잠시 후
숨비소리가 바람을 찢었다
바당과 나 사이에 한 치 틈도 없다는 듯
내 안에서 터져나온 소리처럼
뇌와 위장과 심장과 뼈마디와 혈관 세포 하나하나를
저미고 도려내고 후벼파는
목숨 그 아픈 소리
주저앉아 일어나지 못했다
귀를 막고 싶었다
울지 않으려 이를 악물었다
내 허튼 눈물은 모욕이 될 것 같았다
바당에 핀 테왁꽃이 모두 사라질 때까지
아픈 소리를 마시며 앉아 있었다
그것밖에 할 수 없었다

사	월	에	는
모	든		詩	가

사월병이라 부르기로 합니다

꽃이 꽃다웁지 않고

햇살 해맑게도 검은자위를 할퀴는 건

한 가닥의 바람이 뼛날을 벼리는 밤도

돌아버린 계절에 묻은

오지 않은 오월 때문이라고

아무도 詩가 없는 까닭은

모두가 詩가 된 까닭이라고

말입니다

5월 / 섬에
간다는 건
여행을 떠난다는
말이다.
좀더 멀리
가기 위해
바다를 건너고
낯선 곳의
시간을
걷는 것이다.

며칠 동안 매일 서귀포로 가고 있습니다만 촬영은
사실 핑곕니다. 당장 찍어야 할 사진은 따로 있는데 밭으로만 간다
는 게 증거지요.

요즘 제주는 귤꽃향으로 혼곤합니다. 저는 이 귤꽃향 때문에 차로
한 시간을 달려가 밭길을 걷습니다. 제주시는 귤꽃이 아직 이릅니
다. 서귀포가 더 따뜻하니까요. 밭의 위치에 따라 만개를 지나 떨
어지기 시작한 곳도 이제야 봉오리를 맺은 곳도 있긴 하지만, 향기
를 따라가면 손톱만한 하얀 꽃이 다닥다닥 뿌려진 귤밭을 볼 수 있
습니다. 미숙한 사진가라 이 향기를 찍어낼 수 없는 게 당신께 미
안할 뿐입니다.

게다가 좀 이상합니다. 분명히 하얀 꽃을 찍고 있는데 사진은 온통
녹색입니다. 잎이 더 무성하니 당연한 일인데 당연하게 생각되지
않아 당황스럽습니다. 이건 또 무슨 장난일까요? 그러다 문득 알았

습니다. 결국 이 녹색이 보고 싶었던 거라고. 제가 가장 좋아하는 색이 녹색이거든요.

저는 꽃이 예쁜 줄 잘 모르겠다고 늘 말합니다. 활짝 핀 벚꽃보다 꽃 진 후에 돋아난 연둣잎의 벚나무를 더 좋아하지요.

벚꽃도 귤꽃도 눈 깜짝할 사이에 져 버리니까 솜씨 없는 꽃 사진이나마 늦지 않게 찍어보겠다며 웬일로 부지런을 떨어봤는데 실은 꽃에 내린 빛으로 더 반짝이는 녹색이 보고 싶었던 거였나 봐요. 게다가 새콤달콤한 귤꽃 향기도 잔뜩 마실 수 있으니까요.

귤꽃향은 귤맛이랑 똑같답니다. 톡 쏘지만 자극적이지 않아서 자꾸만 들이켜고 싶고 아무리 마셔도 질리지 않아요. 서울촌년인 저는 귤나무에도 꽃이 핀다는 당연한 사실을 제주살이 첫 봄에 눈으로 보고 깜짝 놀랐었죠. 어쩌면 이리도 눈앞의 존재들에 무심한지요.

내가 머물고 있는 공간과 나를 둘러싼 사물들의 소중함을 보듬고자 조심조심 셔터를 누르는 요즘입니다. 아깝고 고운 귤꽃 향기 나누어 담아 보냅니다.

바람이 후드득 떨어진다

초록 아래 졸고 있던 햇빛이 놀라 부서진다 쨍그랑

난분분 난분분

오월이 흩어지고 있다

당신만의 섬

가끔 제주가 섬이라는 걸 잊을 때가 있다. 마주 떠
있는 섬을 볼 때 특히 그렇다. 그럴 땐 퍼뜩 떠나고 싶어지는 거
다. 봄바람이 유난히 마음을 일렁이는 날, 시린은 배를 탄다. 섬
에서 섬으로.

저건 무슨 섬인가요
사람들은 으레 묻는다. 가파도입니다. 그 뒤의 섬이 마라도구요.
얼마 전까지만 해도 가파도에는 오지나 낙도라는 수식어가 붙었
다. 찾는 이가 별로 없었는데 요즘은 꽤 유명해져 모슬포 운진항에
서 탄 배가 관광객들로 벅적하다. 배로 15분, 날만 맑으면 본섬에
서 마을이 훤히 보일 만큼 가깝다. 하지만 바다를 건너는 건 그리
쉽지 않은 일이니, 낙도라는 말이 애먼 소리는 아니었을 테지. 납
작한 몸을 수면에 바짝 붙이고 있는 가오리 모양의 섬. 최고 해발

이 20.5m인, 우리나라에서 가장 낮은 섬이다. 송악산에서 내려다봤을 땐 파도가 높으면 잠겨 버리는 게 아닐까 싶을 정도다. 가파도(더할加 파도波 섬島)라는 이름이 그래서 생겼나 보다.

섬고양이처럼 느긋하게

남쪽 섬 가파도의 보리는 가장 먼저 푸르러진다. 일찌감치 자라나 푸른 봄을 노래하다 이제 시나브로 익어가는 중. 보리 바다에 출렁이는 초록빛 파도가 저녁처럼 물들어간다. 직접 보아야만 알 수 있는 것들이 있다. 보리의 파도 소리가 바다 못지않게 푸르다는 것. 흔하다고 아름답지 않은 건 아니라는 것. 이곳에선 그 흔한 갯무꽃

도 환상처럼 아름답다. 가파도는 두어 시간이면 걸어서 한 바퀴 돌 수 있는 작은 섬이다. 하지만 여행에서 시간이며 속도는 조금도 중요하지 않으니. 바다와 나란히 가는 길도 보리밭 사잇길도 아껴 걷는다. 충분히 느리게. 걱정 따위 없다는 듯 아무데서나 해바라기하고 있는 저 고양이들처럼.

본섬을 바라보면 한눈에 들어오는 능선들. 가파도에서는 본섬의 7개 산 중 하나만 빼고 6개가 보인다. 한라산, 송악산과 그 위에 맞춘 듯 앉은 산방산, 저기 어디쯤이 군산… 하고 찾다가, 저기는 언제 갔었고 저기는 못 가봤고, 내가 저기쯤에서 왔구나… 다른 섬에서 제주 본섬을 바라보는 건 새삼스런 기분이다. 내가 발을 딛고 있는 곳이 어디인지, 떠나온 곳이 어딘지 문득 멈춰 생각하게 되는 시간. 여행이란 게 이런 거다. 조금 떠나와서 내가 있는 자리를 확인해 보기.

가파도는 작은 제주다

돌 바람 여자가 많은 삼다도. 바람이 살고 돌이 살고 해녀삼촌들이 산다.

전복이며 소라 미역 등을 잔뜩 실은 유모차를 밀며 걷는 삼촌들을 흔히 만난다. 새벽같이 물에 들어갔다 오는 길이다. 그런데 잠시 후 옷만 갈아입고 다시 나온다. 삼춘 어디 감수꽈? 바티^(밭에) 검질 ^(잡초) 매러 가주게. 해녀삼촌들은 물질만 하며 사는 게 아니다. 물

때에는 바다에 들어가고 바람이 센 날이나 오후에는 밭일을 한다.
어디서든 일할 때 바람을 막아주는 건 돌담이다. 바다밭에 들 땐
바닷가에 둥그렇게 돌을 쌓은 불턱에서, 뭍밭에선 밭담 옆에서 삼
춘들은 모진 바람을 잠시 피한다. 작은 언덕 하나 없이 고스란히
맞는 가파도 바람은 어느 섬보다 매섭다. 해풍에 나무도 잘 자라
지 못한다. 돌담은 점점 높아지고 집은 낮아졌다. 멀리서 보면 땅
에 지붕만 얹힌 모습이다. 바람 아래 몸을 한껏 낮춘 섬. 배도 뜨지
않는 궂은 날이면 본섬에 사는 이들조차 이런 데서 어찌 사냐며 놀
라워한다. 섬 삼춘들은 바람에 맞서려 하지 않았다. 돌담의 구멍을
그대로 두듯 바람을 막으려 하지 않고 지나가도록 했다. 큰바람이
오면 머물다 갈 때까지 바람 아래 몸을 누이고 기다렸다. 섬은 그
렇게 바람과 사람이 함께 사는 곳이다.

돌 그리고 이야기

이 섬에는 이야기가 많다. 돌에도 다 이름과 이야기가 있다. 큰왕
돌(ᵇᵘᵉ롬돌), 까매기돌, 고냉이돌. 이 중 브롬돌과 까매기돌은 함부로
올라가거나 걸터앉으면 큰 바람을 일으킨다고 하여 주민들이 신
성시한다고 한다. 참 상징적인 이야기다. 섬에서 바람과 삶은 같은
이름이구나.

윗마을(상동)과 아랫마을(하동)에는 할망당이 하나씩 있다. 해녀삼춘
들이 바다에서의 안전과 풍어를 비는 곳이다. 설문대할망도 그렇

고, 여성 신들이 많은 것도 여인들이 많았기 때문일 거다. 딸이 어머니에게 말하듯, 어머니의 어머니에게 의논하듯 섬 여인들은 할망 신들을 의지해 왔다. 힘든 삶을 의논하고 누구에게도 하지 못한 말도 할 수 있겠지. 현재의 삶이 힘들수록 기원은 많아지는 법이다. 살아가는 사람들이 있기에 기원이 있고 꿈이 있는 곳 – 섬이다.

이어도의 꿈

남쪽 끝 하동포구 근처에서, 마라도를 지나 멀어지는 수평선을 힘주어 바라본다. 이어도의 전설을 기억하시는지. 유토피아로 알려진 환상의 섬 이어도. 현실의 이어도는 사실 해수면 4.6m 아래 암초덩어리다. 파도가 심할 때만 모습을 드러냈다 금세 사라지는 모습을 본 뱃사람들은 피안의 섬 이야기를 전하며 이상향을 꿈꿨다. 이어도를 노래하는 민요도 여럿 내려온다. 그 중 하나가 〈이어도사나〉로 흔히 알려진 '해녀 노 젓는 소리'. 해녀들이 바다로 나갈 때 부르는 노동요인데 가락마다 물질살이의 고달픔이 구구절절하다. '한손에는 테왁, 한손에는 작살을 들고' 천 길 들어가는 물길. '우리 어멍 날 낳을 적에 무신 날에 날 낳았길래 일천 눈물 일천 시련 다 지웠는지' 원망도 하여 본다. 그러면서도 노가 다 부러지면 한라산의 나무를 다 베어서라도 바다로 나가리라고 한다. 바다와 뭍을 오가며 한평생 일해야 하는 고단한 삶에 꾸는 꿈. 일하지 않아도 살 수 있다는 낙원의 섬 이어도는 아직 거기 있을까. 꿈처럼 떠 있을까. 한 번 본 사람은 그곳으로 가서 다시는 돌아오지 않았다지. 그래도 꼭 한 번 보고 싶다. 무서운 전설도 아름답게만 느껴지는—섬이라는 이름.

섬에 간다는 건 여행을 떠난다는 말이다. 좀더 멀리 가기 위해 바다를 건너고 낯선 곳의 시간을 걷는 것이다. 그곳에서 새로운 꿈을 꿀 때, 그 섬은 온전히 당신만의 것이다.

이	어	도

배는 종일 물 위를 지난다

물 밑에는
떠내려 온 짐승들이
다리 사이에 고개를 파묻고 잠들어 있다

바다가 날뛰던 날에
허옇게 드러난
생선가시처럼 잘 발린 야윈 등뼈
꿈도 없는 잠을 자는
피안은 엎든 고개를 들지 않는다

낮달이 차게 웃는다
그는 파도 아래 꿈 하나를 숨겨 놓았다
배가 종일 그 위를 지난다

봄의
뒷모습

꽃을 보러 나선 길이었다

정신차려 돌려놓지 않으면
발은 어느새 낡은 골목으로 들어서고 있고

가득한 꽃잎보다 비어 있는 하늘이
분홍 노랑보다 바라보는 뒷모습 검은머리가
눈이 가고 손이 머무는 청승한 날

노래를 불렀던가

알아볼 수 없는 기억
사진 속의 물 빠진 표정

6월 / 그렇게
잠깐의 시간을
보내고 나면
비로소
깨닫게 된다.
이런 순간이
필요했음을.

보리밭을 대하는 시시한 자세

밭이 거의 다 비었습니다. 보리가 있던 자리에 거대한 마시멜로들이 둥둥 떠 있습니다. 농촌의 도로를 달리다 보면 창밖의 논밭 여기저기에 뒹굴거리던, 가끔은 한쪽에 가지런히 쌓여 있는 덩어리들을 보며 서울촌년은 저 거대한 두루마리 화장지의 정체가 뭘까 미치도록 궁금했었죠. 서른 살이 넘도록요. 곤포 사일리지와 처음 통성명을 한 건 훨씬 나중―제주에 온 다음의 일입니다.

유월하고도 팔일입니다. 재작년에 유월호 원고를 위해 출사를 다녔던 기억이 납니다. 유월호 원고를 위한 취재이니 아직 오월이었죠. 첨엔 귤꽃을 찍을까 메밀꽃으로 할까 궁리하며 나섰는데 웬걸요. 몇 날 며칠 보리밭에만 앉아 있는 저를 발견했습니다. 결국 보리밭이 메인이 되었죠. 대부분의 인생을 그런 식으로 살아왔으니 제게 대수로운 일은 아닙니다만.

저는 서울촌년에다 반박할 길 없는 숙맥입니다. 콩과 보리를 나란
히 놓고 본 적이 있었는지 잘 기억은 안 나지만 아직도 우거지와
시래기가 헷갈립니다. 늘 얘기합니다만 서른이 넘도록 고사리는
원래부터 갈색인 줄 안걸요. 사실 여기가 제주다 보니(논이 거의 없으
니까요) 보리를 알아보는 거지, 육지에서는 보리인지 벼인지 익기 전
까지는 구분 못했습니다.

그런데 늦바람이 무섭다고, 이제야 간신히 알아볼 수 있게 된 보리
한테 푹 빠져서는 만나기만 하면 떠나기가 그렇게 힘이 듭니다. 셔
터가 늦어 온종일 출사에도 얼마 안 되는 샷의 수가 이때만은 가볍
게 두세 배로 뜁니다. 무엇을 그리 찍느냐구요? 남들 눈에는 다 똑
같아 보일 샷입니다. 어떤 땐 제 눈에도 그렇습니다. 나중에 확인
하며 몇 시간 동안 뭘 했나 할 때가 태반이면서 매번 홀린 듯 셔터
를 눌러대게 되는군요.

그러니까 이 역시 결국 핑계입니다. 대단한 사진을 찍으리라는 야
망도 실력도 없습니다. 그저 보리의 바다에 출렁이는 시간이 좋은
겁니다. 그러다 보니 남들 다 찍는 멋들어진 인증샷도 그럴듯한 시
한 수도 여태 건진 적이 없네요.

쓰다듬고 싶은 잔등 같던 초록 물결이 햇빛색으로, 햇살 출렁이던 바다가 마시멜로 둥둥 떠다니는 거대한 채반지로 변해가도록 시시한 시간을 하영(많이) 보냈습니다. 보리가 익었을 때 다시 오겠다던 도적떼(구로사와 아키라의 《7인의 사무라이》)는 결국 전부 죽었지. 그들이 40명이었던 건 알리바바와 사십 인의 도둑에 대한 클리셰였을까. 쓸데라곤 보리 반쪽만큼도 안 되는 시시한 생각들만 뭉게뭉게 피워내면서요. 그리고 나니 여름이 되어 있네요.

보	리	밭		사	잇	길
따	라		여	름	으	로

여행은 휴식이다. 너무 빡빡하게 계획을 세우지는 말자. 몇 시에 어디를 가서 무엇을 보고, 여기부터 저기까지 걷자는 그런 계획 말이다. 그래도 굳이 여행의 목적이 필요하다면 '쉬어가기 좋은 곳을 찾는 것'으로 해두자.

물빛 고운 바다가 보고 싶을 때

오뉴월로 접어드니 시나브로 늘어난 낮의 길이만큼 햇살이 제법 뜨거워졌다. 한낮에 밖을 걷다 보면 어느새 그늘을 찾게 된다. 슬슬 바다가 생각나기 시작할 때다. 내친김에 가볼까. 어디로? 어디라도 상관없지만 바다색이 예쁘기로 유명한 함덕으로 가보기로 한다. 제주의 바다는 푸른 바다라는 말만으로 표현할 수 없다. 해변마다 물 빛깔이 조금씩 다르고, 표현하는 말도 그만큼 다양하다. 그 중에서도 함덕은 유난히 맑은 물 빛깔로 사랑받는 곳이다. 바다를 흔히 에메랄드에 비유하는 이유를 이곳에 와보면 알 수 있다. 눈이 시원해지는 투명한 연초록빛. 햇빛을 머금으면 그야말로 보석처럼 반짝인다. 어떤 말이나 사진으로도 이 눈부신 색을 온전히 담아낼 수 없다. 그저 감탄하며 바라볼 뿐. 눈을 떼기가 어렵다.

보기에도 아까울 만큼 예쁘지만 발 한 번 담가 보지 않으면 서운하다. 신발을 벗고 해안선을 따라 걸어본다. 수심이 얕고 파도도 세지 않아 걷기 딱 좋다. 발목에서 찰랑이는 파도는 적당한 청량감을 준다. 발가락 사이를 파고들며 간질이는 모래의 감촉도 그닥 귀찮지 않다.

해안선이 조금 특이하다. 동서로 비스듬하게 뻗은 모래사장 가운데에 현무암이 바다 쪽으로 튀어나와 있다. 위에서 보면 하트 모양이 된다. 하트의 중심 쪽으로 걸어가 본다. 바위 끝 쪽에 앉으면 바다 위에 떠 있는 기분이 든다. 수평선을 가만히 쳐다보고 있노라면 마음이 고요해진다.

벌써부터 물놀이하는 사람들이 제법이다. 이곳은 수심이 얕아 한참을 걸어 들어가도 물이 허리에 닿을락 말락한다. 아이들과 함께 물놀이하는 가족들이 유독 많은 이유다. 개와 함께 산책 나온 사람들도 흔하다. 아름다운 풍경을 배경으로 웨딩 촬영을 하는 모습도 심심찮게 눈에 띄고 전망 좋은 카페들마다 사람들로 북적인다. 그래도 아직은 걱정할 정도의 인파는 아니니 어쩌면 지금이 이곳을 즐기기 가장 좋은 때인지도 모른다.

아무것도 하지 않아도

함덕 해변의 또 하나의 매력은 넓은 잔디밭이 있다는 거다. 아이들이 뛰어놀고 한쪽에선 연을 날린다. 한나절 소풍을 즐기러 온 사람들이 곳곳에 자리를 잡고 저마다의 방법으로 휴식을 취한다. 음악을 듣거나 책을 보거나 낮잠을 자기도 하고. 우리는 사실 휴식에 인색하다. 여행을 하면서도 빠듯하게 세운 스케줄에 따라 움직인다. 한 곳이라도 많이 가기 위해 아침 일찍 일어나고 힘들 때까지 걷는다. 바다에 오면 물놀이를 하든 보트를 타든 뭐라도 해야 할 것 같다. 3박 4일의 휴가건 반나절 소풍이건, 쉬기 위해 온 여행이라면 자신에게 조금 관대해지자. 바다색이 예쁘니까. 날씨가 좋으니까. 아무것도 하지 않는 게 아니라 쉬고 있는 거라고.

자꾸만 눈이 머무는

해변의 동쪽으로 언덕 하나가 존재감을 뽐내며 있다. 눈부신 바다 색에 취해 있다가도 눈길이 자꾸만 언덕 쪽으로 향하는 거다. 언덕 중간에 다랭이밭이 차곡차곡 앉았다. 서우라는 이름의 이 오름 은 계절마다 색이 바뀌는데 이른 봄에는 유채꽃으로 환했더랬다. 사실 이곳의 지명이 함덕서우봉해변이듯, 이 오름 때문에 이곳을 찾는 사람들도 많다. 둘레길이 잘 정리되어 있어 한나절 산책하기 좋다. 바다를 끼고 걷는 길도 있고 숲 속을 산책할 수도 있다. 함 덕 쪽에서 올라온 서우봉을 동쪽으로 넘어가면 예쁜 포구마을 북 촌과 마을을 마주보며 떠 있는 다려도가 보인다.

아무 길이나 마음 가는 쪽을 골라 발 가는 대로 어슬렁거린다. 바 다를 바라보며 걷다 보면 스노클링하는 사람들이 점점이 떠 있다. 물이 맑으니 혹시 여기서도 물고기가 보일까 하고 무심히 물속을 들여다본다. 운이 좋아 돌고래라도 보면 좋을 텐데 하며 먼 바다 로 눈을 돌려 보기도 하고.

오르막길로 접어드니 찔레꽃이 한창이다. 유채꽃은 거의 졌지만 연보랏빛 갯무꽃도 아직 곳곳에 피어 있다. 날씨가 맑으면 한라 산이 깜짝 놀랄 만큼 가까이 보인다. 아는 사람은 안다. 따지고 보면 제주도 전체가 한라산이지만 산의 모습이 제대로 보이는 경 우는 의외로 적다는 걸. 그러니 볼 수 있을 때 눈에 실컷 담아둔 다. 여기저기 정물처럼 박혀 있는 말들의 모습 또한. 말을 만나면

괜히 반갑다. 동물들이 풀을 뜯고 있는 들판만큼 한가롭고 평화
로워 보이는 풍경도 없다. 그래서 공연히 옆에 앉아 쳐다보게 되
는 거다.

다랭이밭에는 보리가 익어가고 있다

얼마 전까지 초록으로 가득 했을 청보리밭은 지금 황금물결로 출
렁인다. 제주는 토양 특성상 논농사가 힘들어 보리와 메밀을 주로
심는다. 이른 봄을 초록빛으로 채웠던 보리가 익어 가면 들판은
온통 초록과 노랑의 패치워크를 이룬다. 싱그럽고 새초롬한 초록
과 따뜻하고 풍성한 금빛이 다복다복 어우러진다. 바다에 부서지
는 태양도 눈부셨지만 보리밭 위에서 춤추는 황금빛 햇살은 아찔
할 지경이다. 밭모퉁이에 앉아 시간 가는 줄 모른다. 보리를 쓰다
듬고 지나는 바람소리는 가슴 속까지 시원하다. 깊이 들이마시면
마음 깊은 곳의 답답함마저 씻어줄 것 같다. 간간이 새소리가 섞
여 들고 찔레꽃 향기가 날아온다.

보리밭 한 귀퉁이에 꽃을 피운 메밀꽃이 반갑다. 전에는 메밀밭이
었던 모양이다. 제주는 메밀 3모작이 가능해서, 보리와 메밀을 번
갈아 재배하는 경우가 많다. 보리를 베어내면 메밀을 심는다. 유
채꽃으로 노랗게 물들었던 서우봉은 청보리의 초록으로, 그리고
다시 황금빛으로 바뀌었다. 메밀이 꽃을 피우면 흰색으로 덮일 테
지. 봄에서 여름으로 가고 있는 거다.

기왕에 간세^(게으름) 부리러 온 거

해질 때까지 있어 보자. 아직은 모기도 별로 없으니까.

서우봉은 일출과 일몰을 모두 볼 수 있는 흔치 않은 곳이다. 정상을 기준으로 했을 때 일출을 보려면 북촌 쪽으로, 일몰을 보려면 함덕 쪽으로 자리를 잡으면 된다. 포인트도 잡기 나름이라서, 지평선에 걸린 해와 바다에서 올라오고 지는 해를 모두 볼 수 있다. 매일 뜨고 지는 해인데도 붉어지는 하늘을 보는 건 괜스레 가슴이 뜨거워지는 일이라서, 길을 걷다가도 멈춰 서서 보게 되고 가끔은 이유 없이 눈시울이 붉어지기도 하는 거다. 이런 풍경 앞에 서면 머릿속을 복잡하게 채웠던 골치 아픈 생각들은 잠시 잊고 눈앞의 풍경에만 몰두하게 된다. 그렇게 잠깐의 시간을 보내고 나면 비로소 깨닫게 된다. 이런 순간이 필요했음을. 나의 여행의 목적이 바로 이것이었음을.

111

| 하 | 지 |

아니다
미안한 게 아니다
고개 들어 눈을 맞추지 않는
당신은 잘못이 없다

그리 짧은 밤에 어찌 몰래 꽃을 피우고
담 아래 숨어 땅 속으로
땅 속으로만 키우는
거창함이 없는 꿈 혼자 꾸었던

아니다 어떤 목숨도 죄가 아니다
누나형 없이 혼자 뿌리를 캐어먹고
길러낸 육남매 전부 도시로 내보내고 돌아오지 말라고
돌아보지 말라고

감자꽃 혼자 지키는 집

蝶 - 다 수 의 잠

가난한 머리들은 한곳을 향해 눕고

더 비루한 눈들은 감지 못한 잠을 잔다

이 몸의 수분을 남김없이 짜내어

터럭 끝도 썩어 잘라내는 일이 없기를

꾸덕꾸덕 마르고 싶던 어제들

물음표 모양으로 오그린 잠들

알 길 없는 한바탕 꿈이라면 아니어도 좋다

7월 /

빗물을
흠뻑 머금은
해바라기
꽃잎은 더욱
진한 노랑이다.
꽃밭에서
비를 긋는 게
얼마만인지.

여름의 시작, 소나기

하루쯤은 내키는 대로 가다가 아무 데서나 멈춰 느릿느릿 걸어보자. 맘에 드는 곳을 찾으면 앉는다. 무엇이든 해도 좋지만 아무것도 하지 않아도 된다. 흘러가는 구름을 보거나 바람소리를 듣거나. 우리에게는 이런 시간이 필요하다.

일기예보를 보니 비가 온단다

모처럼의 휴일인데. 집에서 보내고 싶지는 않지만 기껏 채비하고 나갔다가 비를 맞는 건 귀찮은 일이다. 어쩌나. 잠시 고민 끝에 떠오르는 곳이 있다. 번영로. 제주시에서 성산이나 성읍으로 갈 때 이 길을 지나다 보면 길옆으로 눈길을 끄는 풍경들이 있었더랬다. 저기에 언제 한번 가봐야지, 저기도, 하며 지나치던 기억이 있다. 오늘이 바로 그날로 꼭 알맞은 날이겠다. 차로 쉬엄쉬엄 달리다 맘 내키는 데서 잠시 세우고… 간세 부리는 여행으로 그만이겠다.

번영로는 제주시와 표선을 잇는 97번 도로다. 섬을 북쪽에서 남동쪽으로 가로지른다. 제주시 도심의 동쪽 끝동네라 할 수 있는 봉개동을 벗어나면 이내 건물이 사라지며 시야가 시원해진다. 말들이 풀을 뜯는 너른 초지가 보이기 시작하면 여행 온 기분이 난다. 도로는 오른쪽으로 한라산, 왼쪽으로 바다를 두고 달린다. 산과 바다 사이를 널찍널찍하게 채운 귤밭이며 목장 사이를 지나간다. 둥글둥글 웅크려 앉은 오름이 가까워졌다 멀어지고 띄엄띄엄 도는 풍력발전기가 아스라하다. 시야를 가리는 방음벽이나 높은 펜스도 없다. 운전 중에 위험하게 고개를 돌리지 않아도 풍광을 즐기는 데 무리가 없다. 조금이라도 더 가까이 보고 싶어 창문을 연다. 갈 길 바쁜 차들은 넘겨주며 이차선을 느릿느릿 달린다.

해바라기가 피기 시작했겠다

길가의 해바라기 모양 표지판을 보고 차를 세운다. 6월부터 9월까지 피는 해바라기는 여름을 대표하는 꽃이라 할 만하다. 꽤 친숙한 꽃이긴 하지만 무리지어 핀 해바라기를 보기란 쉽지 않은데, 제주에는 그런 곳이 몇 군데 있다. 김경숙 해바라기 농장도 그 중 하나. 영화에서나 볼 법한 해바라기 들판을 만날 수 있다. 이름처럼 해의 모양과 빛깔을 그대로 닮은 꽃들이 들판 가득히 서 있는 모습이란. 여름해가 잠시 내려앉은 듯하다. 꽃잎 위에서 뜨겁게 출렁이다 피어오른다. 여름날의 아지랑이다.

바람 센 제주라 키 큰 해바라기는 많지 않다. 작은 키에 커다란 꽃송이가 한 방향을 바라보고 서 있는 모습이 뭔가 귀엽다. 아이들의 모습을 많이 닮았다. 얼굴도 아이가 그린 그림 속 해와 똑같다. 나도 모르게 웃는 눈코입을 찾고 있다. 처음 보는 색과 모양의 해바라기에게 인사를 하기도 하고. 자연은 종종 사람을 어린애로 만든다.

비다. 한 방울 떨어졌다 싶더니 어느새 후드득. 정자 아래로 얼른 피한다. 더운 날의 비는 소리부터 시원하다. 한낮의 열기가 금세 가시고 젖은 풀과 흙냄새가 훅 끼쳐온다. 빗물을 흠뻑 머금은 해바라기 꽃잎은 더욱 진한 노랑이다. 꽃밭에서 비를 긋는 게 얼마만인지. 비가 귀찮지 않고 반가운 건 또 얼마나 오랜만인지.
비주제(소나기)가 지나간 공기는 한결 청량하다. 다시 길로 나가 느릿느릿 달린다. 초록 들판이 더 먼 곳까지 선명하다. 끈적함이 가신 바람 냄새도 좋다. 보롬왓으로 간다.

ㅂ롬은 제주말로 바람, 왓은 밭
바람밭이다. 참 제주다운 이름이다. '바람의 언덕'이라는 곳이 많긴 하지만, 지명에 밭을 붙이는 경우는 별로 없다. 보롬왓, 개왓 등 왓이 들어간 지명이 많은 건 제주의 독특한 점 중 하나다. 농사가 쉽지 않은 섬에서 밭과 함께 살아온 데서 비롯되었으리라. 그리고

보면 여기, 메밀꽃도 원래 보기 좋으라고 심은 건 아니었으니.

소설 속에서나 봤던 메밀꽃을 실제로 본 건 그리 오래되지 않았다. 어디어디에 메밀밭이 있다는 말을 듣고 한번 가볼까, 했던 게 처음이었다. 그리 화려하지도, 별다를 것도 없는 잘디잔 꽃들이 한데 피어 있을 뿐이었다. 예쁘지도 않은데 어딘지 마음을 끌었다. 늘 봐왔던 것처럼 낯설지가 않아서 오히려 현실 같지가 않던 풍경. 그래선지 두고두고 생각이 나서 '메밀꽃 필 무렵'이 되면 메밀밭을 찾는 게 당연한 일이 되었다.

지금 바람밭은 소설가 이효석의 표현을 빌리자면 '소금밭'이다. '숨이 막힐 지경'인 하얀 안개 들판이다. 꽃밭 가운데 앉아 있노라면 꿈속인 듯하다. 한쪽을 보랏빛으로 밝히는 라벤더의 향기가 더해져 더욱 그렇다. 잊고 있던 오래된 기억이 떠오를 것 같기도 하다. 메밀꽃은 얼마 남지 않은 봄의 기억이다. 곧 열매가 맺히고 여름과 함께 익어갈 것이다. 계절은 이렇게 피고 진다.

다시, 소나기

번영로의 남쪽 시작인 표선으로 접어들면 길의 모양이 달라진다. 양쪽 차선 사이에 두 줄로 나무가 심어져 있고, 사이에 산책로 겸 자전거도로가 있다. 도로 안의 도로인 셈. 도로 속의 공원이라 해도 좋겠다. 차로 지나치며 밖에서만 보던 안쪽 길로 한번 들어가 보기로 한다.

산책로가 시작되는 곳에 무료로 빌려주는 자전거가 있다. 언제 한번쯤 자전거로 길의 끝까지 갔다 오는 것도 괜찮겠다. 나무와 꽃을 촘촘히 심어 가까이서 차들이 지나가는데도 이질감은 크게 없다. 숲길과는 다르지만 도시공원으로서는 나쁘지 않다. 비 때문인지 사람은 별로 보이지 않는다. 혼자 산책로를 차지하는 느낌도 괜찮다. 빗물 젖은 길가의 수국은 더욱 그윽하게 푸르다. 나뭇잎의 축축한 냄새도 좋다.

하늘이 꺼매지는 게 또 한바탕 퍼부을 모양이다. 갑자기 쏟아지다가 그치고, 언제 그랬냐는 듯 해가 반짝 떴다가 또다시 우르릉. 변덕스런 여름 날씨는 제주에서 더 유별나다. 비옷을 꺼내 입을 틈도 없이 기습하는 섬의 소나기에는 이길 재간이 없다. 잠시 더위를 식히는 데 만족하며 나무 밑에서 쉬어가는 거다. 나뭇잎에 떨어지는 빗소리에 귀를 씻으면서.

계 절 감 기

몸살 앓는다
수국이 지천이라서

몰래 맞은 비 때문이다
비 맞으면 감기 걸린다고
밖에 못 나가게 하던 엄마가 없어서다
하늘을 끌어다 덮는다고
슬픔을 다 가리기엔 턱도 없건만
바싹 마른 울음 삼키느라
한 모금 마시지도 못하고
두들겨 맞은 피멍만 가득 들었다
울담 아래 웅크려 숨었다가
까무룩 잠이 들면
꿈결에 뻘건 퍼런 눈물 뚝뚝 떨궜다

저녁 먹으라고 부르는 소릴 못 들어

너무 늦게까지 놀아 버렸다

웅덩이에 검게 고인 하늘

무지개가 번지면

맨발로 찰박찰박 밟고 걸었다

땟국물 절은 발바닥에 꽃잎 몇 장 붙어 왔다

보 통 날

촬영하러 서귀포. 그런데 너무 일찍 와 버렸으니 아
이스커피라도 마시다가 빛이 좀 부드러워지면 촬영을 해야겠다고
카페를 찾는데 평소에 그렇게나 눈에 많이 밟히던 카페가 도대체
보이지 않습니다. 길 끝에서 끝으로 익숙잖은 길을 왔다갔다하다
도무지 알 수 없는 엉뚱한 골목으로 들어섭니다. 그런데 마침 나타
난 카페 하나. 하물며 얼마 전 동생이 얘기했던 곳입니다. 여기 오
려고 헤맸나 보다고 흐뭇하게 주차하고 보니 휴일이라네요. 기쁘
려다 말았습니다.

거기를 시작으로 헤매고 발견하는 데마다 휴일. 슬슬 오기가 나는
군요. 이렇게 되면 반드시 아이스커피를 먹어주고야 말겠다고 카
페가 백 개쯤 있는 이중섭거리까지 내려갔습니다. 웬일. 나랑 그닥
상관없는 날이라 잊었는데 오늘은 일요일인데다 연휴. 주차할 데
가 없습니다. 가까운 골목에 진입하기조차 미션 임파서블입니다.

몇 바퀴를 돌다가 겨우 한곳에 주차하고 들어가니 벌써 세 시. 분명히 열두 시에 집에서 나왔는데 말이지요. 얼마 전에 시계를 잃어버리더니 오늘은 시간을 잃어버렸습니다.

그래도 시켜놓은 커피는 마셔야지. 쓸 만한 문장이 떠올라서 랩탑을 열었는데 배터리가 없습니다. 마우스가 말을 안 듣습니다. 주인 아주머니가 먹어보라며 선심껏 접시를 내려놓는데 제가 못 먹는 토마토입니다. 사양하는 이유를 필사적으로 해명하고는 민망해져서 부랴부랴 짐을 챙겨 나섭니다. 촬영해야지.

얼마 찍은 거 같지도 않은데 해가 넘어갑니다. 미적지근한 느낌이지만 어쩔 수 있나요, 돌아가야지. 허전한 손목을 괜히 쓰다듬습니다.

아무래도 손목시계를 사야겠다고 천냥샵에 갔는데 마땅한 게 없습니다. 대신 지난번에 사러 왔다가 허탕 친 나무쟁반을 삽니다.

미뤄진 시계는 또 이런 식으로 다음에 사게 될 테죠.

인생이 그렇습니다. 물론 아니기도 하고.

미	아

손에 쥔 주소를 바라봅니다
갈 곳이 있었던 모양입니다

평화로 가는 길
멈춰 버린 차 안
시계도 시간을 잊었습니다

빗소리의 틈을 뒤져
두고 온 기억을 불러봅니다

천 개의 손으로 차창을 두들기는
기억나지 않는 이름들

어디로 가야 할까요
길은 모두 떠내려가고
물에 젖어 지워져 버린
바다는 지도조차 없습니다

비에 갇힌 섬
가라앉은 차 안에서
손에 쥔 주소만 바라봅니다

8월 / 수평선을
하염없이
바라보고,
집어등에
마음을 빼앗기는
까닭은,
몸속에 가득한
물 때문일까.

태풍을
기다리며

　　며칠 전부터 이번 태풍 '솔릭'은 엄청 규모가 크다
는 뉴스로 벅적했던 모양이다. TV도 없거니와 뉴스를 잘 보지 않
아서 몰랐다. 바다 한복판에서 태어나는 게 태풍이다 보니 제주도
에 가장 먼저 도착하게 된다. 그 다음이 부산, 북쪽으로는 전라도.
태풍이 오고 있다, 오늘 오후쯤에 도착한단다, 당일이 되니 둔감한
내 귀에도 어마무시한 손님이 온다는 소식들이 들리기 시작했다.
이번 손님은 엄청나게 크고 힘이 세다 하니 맞이할 준비를 단단히
하라는 거다. 그래도 계속 현실감이 없어 멍청히 한 귀로 흘려보내
고 있는데 바람비가 하나둘 열린 창으로 날아들기 시작했다.
어쩔 수 없이 창문을 닫고 땀을 줄줄 흘리며 헉헉대고 있자니 이
게 뭔가 싶다. 어떻게든 꼼짝 않고 반쯤 누워서 독서에 집중해 보
려 했으나 손바닥에서 옮겨가는 땀 때문에 책이 점점 눅눅해져서
포기. 책장을 넘길 때 손가락에 닿는 종이의 바삭한 느낌은 독서의

은밀한 즐거움 중 하나다. 그런데 손이고 책이고 이렇게 축축해서
야. 괜한 짜증이 슬슬 올라오기 시작한다. 이 더위가, 이 짜증이 태
풍 때문이라고? 때마침 마을 방송이 나온다. 주민 여러분께서는 태
풍에 대비하여 어쩌고저쩌고…

태풍에 대한 대비라

어떻게 해야 하는 거지? 창문에 X자로 테이프 붙이기? 그럴 필요
는 없을 것 같다. 창은 다 이중이고 옛날식 나무 창틀이라 문살이
있으니까. 옥상이며 집 밖에 놓아둔 건 없으니 날아갈 것도 없다.
바닷가가 아니니 물에 잠길 걱정은 없고. 또 뭐가 있지? 지금까지
는 어땠더라. 태풍 때문에 곤란했던 기억이 있었던가? 재작년엔
가 전기와 수도가 끊겼던 적이 있긴 했다. 물이 안 나오면 곤란하
니 좀 사다 놓을까. 빗물을 받아놓을 필요까진 없겠지. 아니, 물이
끊긴 건 동파 때문이었던 것 같기도 하군. 전기가 끊기면 무얼 어
찌 해야 하나. 한전에 신고하고 기다리는 것밖에 할 수 있는 일은
없고. 당장 곤란한 게 불인가? 인터넷? 한여름이니 난방 걱정은 안
해도 되고. 촛불 켜고 책이나 보면서 전기가 들어오거나 날이 밝기
를 기다리면 되겠지. 요리조리 생각해 봤지만 크게 곤란할 만한 일
은 없을 것 같다. 너무 무사태평인가?
그러다가 맥주를 사러 갔다. 밤새 비바람에 잠을 못 자게 된다면,
촛불 켜고 책 읽는 거 말고 또 할 수 있는 게 뭘까? 뭐 그리 깊게 궁

리하진 않았다. 생각 중에 맥주가 먹고 싶어졌을 뿐이다. 물과 맥주가 담긴 바구니를 들고 계산대 앞에 서 있는데 친구한테 전화가 왔다. '이번 태풍은 역대급이라는 등 뉴스가 굉장한데 준비 잘 해 뒀어? 글쎄. 바람이 불긴 하지만 날아갈 정도로 세진 않아. 비는 조금 전부터 뿌리기 시작했고. 언제부터 태풍의 영향이라는 게 시작되는 건지는 잘 모르겠지만 아무튼 지금은 그냥 비가 오고 바람이 부네, 하는 정도? 전혀 아무렇지도 않아.' 그런데 전화를 끊고 집에 돌아온 지 30분도 안 되어서 마치 통화 내용을 듣고는 본때를 보여주자고 마음이라도 먹은 듯, 비바람 소리가 강도를 높여 간다. 창문이 부서질 듯 덜컹거리고 옥상에서 바위가 굴러다니는 것 같은 소리가 난다. 아무래도 고요한 밤을 보내기는 글렀으니 억지로 잠을 청하지는 말자. 달걀프라이에 맥주를 먹으며 책을 보다가 글을 끄적이다가 망상을 하다가 한다. 내일이면 괜찮다고 했나? 그런데 태풍 이름이 뭐라고?

그러고 보니 태풍에 이름을 붙이겠다는 생각은 언제 누가 처음 한 걸까. 이름이란 기억을 위한 장치다. 길에 이름을 붙이는 것도, 키우는 동물이나 나무에 이름을 붙이는 것도 기억하고 부르기 쉽게 하기 위함이다. 태풍이라는 게 기억하고 부르기 쉬워야 할 이유가 있는 걸까. 그렇다고 한다면 태풍이라는 자연현상, 어떤 측면에서는 재난이 사람들에게 큰 영향을 미친다는 데 그 당위성이 있을 듯하다. 환경의 변화건 경제적 손실이건 어떤 식으로든 인간 사회를 크게 흔들어놓는 위력이 있기 때문이다. 태풍이라는 거인이 인간 사회 – 때로는 지구, 하나의 국가, 도시 등 그때마다 규모는 달라지겠지만 아무튼 인간이 거주하는 사회 – 를 한 삽 떠서 흔들다 다시 내려놓는다. 스노우돔처럼. 그리하여 인명 피해라거나 재산 피해 등 현대 사회에서 피해라고 규정하는 흔적을 남긴다.

기상 관측 시스템의 발달로 인류는 거인이 태어날 때부터 관찰하다가 앞으로 갈 길을 예측까지 할 수 있게 되었다. 그러나 이 거인과 맞서 싸울 수도 없고 근본적으로 막을 수도 없다. 피해를 최소한으로 만들도록 방어막을 구축할 뿐이다. 그게 태풍에 대한 대비라는 거다. 저마다 자기가 가진 것들 – 땅, 밭, 집, 재물, 목숨, 기타 등등을 지키기 위해 나름의 갖은 방책을 동원하여 꽁꽁 싸맨다.

그런데 나는? 죽어지는 세 주고 사는 밖거리가 통째로 떠내려가지 않는 한 잃을 건 없을 것 같다. 가진 거라곤 전혀 없는 거나 마찬가지니 딱히 지켜야 할 것도 할 일도 없다. 그러니 한가하게 맥주나 마시고 있는 거다. 그나저나 예전에는 태풍에 여자 이름만 붙였다지. 역사상 유명한 악처들의 이름을 붙였다는 썰도 있었는데. 그게 진짜라면 도대체 무슨 생각인 거야? 쓸모라곤 찾아본 적이 없는 생각들로만 소적하면서.

| 비 | 가 |

하늘도 바다도 젖지 않는데
숨겨둔 마음이 잘도 젖는다
멀어지면 나타나고 어두워야 보이는
불어터진 심장도 늘 그렇다

<table>
<tr><td>여</td><td>름</td><td></td><td>밤</td><td>바</td><td>다</td><td>에</td></tr>
<tr><td>핀</td><td></td><td>꽃</td><td></td><td></td><td></td><td></td></tr>
</table>

여행은 여러 개의 이름이 있다. 시기와 장소, 목적과 동반자에 따라 다양해서 우리를 종종 고민에 빠트리곤 한다. 이맘때면 누구나 여름 휴가, 가족 여행, 캠핑 등을 떠올린다. 어떤 이에겐 배낭여행, 트레킹, 휴양림, 템플 스테이가 인기다. 옛날 사람들은 피서라고 했다. 더위를 피하고 싶은 시린에겐 밤 산책이 딱인 듯하다.

덥다. 여름이니까

냉방 장치가 없는 바깥으로 나가려면 상당한 용기가 필요하다. 한 발짝만 걸어도 땀으로 목욕을 할 게 빤하니까. 이런 날 한낮에 돌아다니다가는 장아찌처럼 푹 절여질 거야. 간세는 짜증과 함께 늘어만 간다. 아무것도, 아무것도, 아무것도 하기 싫은 거다.

늦은 오후가 돼서야 어슬렁 나가 본다. 천천히 걷자. 더우니까. 높고 먼 데서 매미가 운다. 여름이면 귀를 찔러대던 매미들의 합창도 요즘은 많이 줄었다. 계절이 돌아온다고 흔히 표현하지만, 올해 여름은 작년과는 다른 여름이다. 지금 핀 이 능소화가 예전의 그 꽃이 아니듯.

한여름의 불꽃, 능소화

골목 여기저기에서 이글거리는 주홍빛 꽃무더기. 담장을 밟고 전봇대를 타며 하늘로 오르려 한다. 그 모습을 두고 하늘을 업신여김이라 하여, 끝내 목이 떨어질 가여운 운명을 타고난 꽃. 시선을 끄는 강렬한 빛깔 때문일까. 화려한 겉모습의 생물이 종종 지닌 치명적인 독성 탓일까. 능소화에 얽힌 이야기는 다양하다. 수많은 시인

들 또한 이 염천의 꽃을 노래했다.

…그런 시가 있었지. 누가 쓴 시더라… 갈피갈피 생각을 더듬으며 걷다 보니 자연스레 발길이 바다 쪽으로 향한다. 본능적으로 물을 찾아가는 거다. 여름이니까.

삼양에는 까만 모래사장이 있다

어찌 보면 그닥 신기한 건 아니다. 파도가 돌을 잘게 부순 게 모래고, 제주의 돌은 검으니까. 아무튼 검은 모래는 예쁘다. 햇빛을 담뿍 먹으면 파도에 이리저리 쓸리며 은색으로 반짝거린다. 가까이서 보면 더 예쁘다. 맨발로 찰박찰박 걸어본다. 모래가 보드랍다. 종일 가득했던 짜증이 조금 사그라드는 듯하다.

"물통 어디 이수과?"

평상에 앉은 삼춘들은 저어디(저기)로 가면 있다, 영, 영 가라고 다퉈 한마디씩 한다. 가리키는 쪽으로 모래사장의 끝까지 걷는다. 이 근처에 제주에 얼마 남지 않은 물통이 있다고 했다.

물통 혹은 노천탕. 예부터 제주 사람들의 더위를 식혀 주는 물놀이터이자 빨래터였던 곳. 삼양 셋다리물은 한라산 위쪽에서 땅속을 흘러내려온 물이 바닷가에서 솟아나는 용천수다. 물이 귀한 옛날에는 식수로도 이용했었다. 지하에서 솟는 물은 한여름에도 오래 몸을 담그지 못할 만큼 차갑다. 바로 옆에 해수욕장이 있는데도 제주 사람들이 여전히 이곳을 좋아하며 찾는 이유다.

물통은 오랜 포구와 함께 있다. 용천수와 해수가 포구 안에서 만나 바다로 흘러든다. 곧 해가 질 텐데 아이들로 북적하다. 동네 아이들이 모두 와 있나 보다. 다이빙 대회라도 하는 양 차례로 물에 뛰어든다. 돌턱에 걸터앉아 구경만으로도 시원하다. 매미소리 못지않게 높고 쨍한 아이들의 웃음소리. 하루 종일 온몸에 끈적하게 붙어 있던 불쾌가 슬그머니 가신다.

저녁 포구엔 낮보다 사람이 많다

아이들의 물놀이는 지칠 줄 모른다. 햇살이 누그러지면 어르신들도 바닷가에 나와 앉는다. 물이 빠진 바위에 점점이 앉은 사람들은 보말 따위를 줍거나 한다. 낚시하는 이들도 방파제와 바위 틈 여기저기 자리를 잡고, 한치잡이 배들이 분주하게 먼 바다로 나간다. 식당 앞 평상마다 물회에 막걸리, 소주 마시는 삼춘들이 와글와글하다. 제주 사람들은 시원한 한치물회, 자리물회로 여름을 견딘다. 어느새 전깃줄의 새처럼 방파제를 제법 채운 사람들을 보니 피식 웃음이 난다. 나랑 별로 다르지 않구나. 사람 사는 게 이렇게 다 비슷하구나.

하늘의 능소화, 바다에는 어화

해가 가까워질수록 바다는 빠르게 빛깔을 바꾼다. 황금빛으로, 붉은빛으로, 보랏빛으로, 능소화 주홍빛으로. 순식간에 마지막 햇살까지 삼키고 다시 보랏빛으로, 푸른빛으로 식어간다. 수평선 푸른 줄기 따라 어화가 하나둘 피어난다.

어둠보다 빠르게 바다를 채우는 불빛을 쓸데도 없이 세 본다. 저 불빛 하나하나가 아까까지 포구에 매어 있던 조그만 고깃배라는 게 어쩐지 믿어지지 않는다. 마냥 바라보게 되는 걸 보면 물고기만 홀리는 빛이 아닌 모양이다. 연유를 알 수 없는 끌림. 더위도 시간도 잊게 만드는.

우리가 늘 바다를 향해 앉는 건 왜일까. 수평선을 하염없이 바라보고, 집어등에 마음을 빼앗기는 까닭은. 몸속에 가득한 물 때문일까. 물은 물을 끌어당긴다고 하니까. 적건 많건 모든 물은 바다로 흘러가니까.

아무렴 어떠랴. 여름 밤바다를 밝히는 어화는 아름답다. 늦도록 봐도 질리지 않고, 밤을 새워 보아도 그럴 것 같다.

오늘 아침 계절이 꼬리를 물었고 꼬리를 물린 계절을 보고 나는 풀

지 않고 처박아둔 여행 가방을 꺼냈지 가방 속에는 잉크가 날아간

영수증 몇 장 칫솔 모나미볼펜 하나 낡은 운동화 한 켤레 운동화

두 짝 안에 똘똘 뭉쳐 처박혀 있던 길을 꺼낸다 오래 구겨져 있던

길을 쭉쭉 잡아당겨 꺼낸다 풀썩대는 흙먼지 재채기 콧물 눈물 흘

리며 꺼낸 길을 탁탁 털어 솔로 빡빡 문질러 빳빳하게 잘 다려 셋

집 담장에 널어두고 떠날 채비를 한다

빈 여행 가방을 들고

낮 잠

아버지 술 좀 그만 먹어요 넌 이게 술로 보이냐 막걸리잖아요 술
이 아님 뭐예요 약이다 약 잠자려고 먹는 거야 지금 대낮인데 무
슨 말이에요 낮잠 말이다 낮잠 이렇게 뜨거울 땐 낮잠을 자야지
잠이 보약인 거야 지난번에 지어드린 보약이나 드세요 그게 벌써
언젠데 진작에 다 먹었다 이놈아 어쩌다 한번 사주고는 생색은

아버지 지팡이가 너무 가는 거 아니에요 힘주면 뚝 부러질 거 같
은데 튼튼한 걸로 하나 구해다 드릴까요 이건 지팡이가 아니다
그럼 뭐예요 참새 때문이지 우영팟에 마늘 고추밖에 없는데 무슨
말이에요 먹을 것도 없는데 참새가 왜 와요 먹을 게 왜 없어 내가
준다 그건 또 무슨 말씀이세요 이삭 줏어다 던져주니까 맨날 온
다니까 참새 쫓는 지팡이라면서요 내가 언제 그랬어 이건 참새
앉으라고 처마 밑에 걸쳐놓는 거야 개네들도 이렇게 뜨거울 땐
낮잠을 자야지

9월 / 아무리
가물어도
숲은 물기가
가득하고
가장 깊은
그늘의 이끼에도
햇빛이
고여 있다.
그러기에
숲은
신성하다.

저는 도시에서 나고 자랐습니다. 자연에서 뛰어논 기억이 없지요. 초등학교 1학년 때 여름방학 숙제로 곤충 채집을 해야 했습니다. 그때 제가 아는 곤충이라고 해봐야 개미, 나비, 잠자리 정도밖에 없었습니다. 다른 곤충은 직접 본 적이 없었거나 기억이 나지 않습니다. 엄마와 함께 문구점에서 파는 잠자리채를 사들고 학교 근처의 조그만 동산 산책길에 갔지요. 엄마도 곤충 채집이란 게 처음이었고 곤충에 대해 아는 것도 나보다 조금 나은 정도였습니다. 그러니 산에 가면 곤충들이 있으리란 막연한 생각만으로 온 우리 눈에 곤충이 보일 리가요. 한나절을 헤매고도 간신히 잡을 수 있었던 건 나비 서너 마리뿐이었습니다. 굳이 산까지 오지 않아도 될 뻔했지만 다닥다닥 집들이 붙어 앉은 가난한 동네에서는 그 정도도 보기 힘들었던 겁니다.

그날, 잡지는 못했지만 커다랗고 아름다운 나비를 보았습니다. 8년

인생에서 본 중 가장 크고 화려한 나비입니다. 검푸른 색과 은색의 무늬가 반짝이는 날개 끝에 긴 꼬리가 달린 나비가 눈앞에 있었습니다. 잠시 나타났다 어디론가 날아가 버렸는데 그 순간이 그렇게 길었습니다. 책에서만 보던 존재가 갑자기 눈앞에 나타난 꼴이었지요. 옆에서 엄마가 숨을 크게 삼키는 소리가 들렸고 – 저요? 숨 쉬는 걸 잠시 잊었던 것 같습니다. 현실에 없던 존재가 눈앞에서 날개를 펄럭이고 있습니다. 날개에서 빛의 가루가 쏟아지는 걸 본 것도 같습니다. 그때 제 눈에는 분명 그렇게 보였습니다. 숲에 가득했을 모든 소리가 사라지고 정적 위의 층에서 날개 펄럭이는 소리가 났습니다. 조금만 더 집중할 수 있었다면 틀림없이 무언가 말소리를 들을 수 있었을 겁니다. 정신을 차리고 보니 나비는 사라졌고 빛으로 환했던 숲은 다시 어둡습니다. 벌레 소리가 한꺼번에 돌아왔습니다. 책으로만 보던 존재, 2차원의 평면에서만 살아 있던 존재를 처음 마주한 기억은 그렇게 강렬했습니다.

자연의 상당 부분을 간접적으로만 접해 왔던 도시촌년은 지금도 여전합니다. 내가 만든 이미지로만 알고 있던 존재를 실제로 봤을 때 이미지와 실재 사이의 괴리에 놀라곤 하지요. 박쥐는 정글이나 깊은 산 속의 동굴에나 사는 줄 알았습니다. 스무 살에 처음으로 실물을 보기 전까지, 내 눈 앞을 날아간 박쥐는 박쥐가 아니었던 거지요. 저는 그걸 작은 까마귀 따위로만 보았으니까요.

작년 여름 친구가 도롱뇽이라며 한곳을 가리켰지만 도통 보질 못했습니다. 내 눈은 팔뚝만한 파충류를 찾고 있었으니 말이지요. 답답해진 친구가 손바닥 위에 올려놓은 그 가느다란 생물은 어딜 보아도 도롱뇽과 닮은 데라곤 없었습니다. 차이가 클수록 충격은 큽니다. 나비의 기억만큼 강렬한 경우는 또 없긴 했지만 모를 일이지요. 기억이란 건 미완이라 어디까지 믿을 수 있는지조차 알 수 없으니까요. 내가 알고 있다고 생각했던 것들이 무너지고 관념 그 자체를 의심하게 되기도 합니다.

책 속의 세계에만 빠져 있다 보니 어느새 그쪽이 진짜라고 믿게 되었는지도 모르겠습니다. 가끔 실재와 복사본이 자리를 바꾸는 것처럼요. 무엇이든 직접 경험할 땐 오감에 의존할 수 있지만 책으로 접할 땐 부족한 감각을 상상으로 메워야 합니다. 그리고 우리는 머릿속으로 만들어낸 이미지를 실제 기억이라고 쉽게 믿어 버립니다. 기억이 불완전하다는 건 잘도 잊어버리면서요. 이런 생각에 빠지다 보면 자칫 허무하기도 합니다. 부정확한 언어를 통해 만들어지는 부정확한 앎은 진실과는 거리가 먼 게 아닐까. 그렇다면 우리가 책을 읽는다는 건 어떤 의미일까. 이크, 이쯤에서 멈춰야겠네요. 나비 한 마리에서 시작된 연상이 '말'까지 왔으니, 니가 사르트르를 얼마나 아느냐고 퉁을 먹어도 유구무언입니다. 정말로 아는 게 별로 없거든요.

숨어 있기 좋은 숲

만사 귀찮을 때.

모든 것으로부터 떠나 있고 싶을 때. 해야 할 일은 다 팽개치고 간 세만 부리고 싶을 때.

어딘가 숨어 있고 싶어진다면. 하루쯤 숲에서 지내보면 어떨까.

어릴 적에는 숲이 더 가까웠다

그러기에 뒷동산이라 했다. 소풍이란 늘 뒷동산이었다. 숲속에서 도시락을 먹고 숨바꼭질이며 보물 찾기를 하기도 했다. 도시화에 밀려 숲은 멀어지고 바쁜 일상에 쫓겨 잊혀져 간다. 다행히 제주에는 한라산이 품은 숲이 어디에든 있다. 오늘은 숲으로 가야지. 전화기는 꺼놓을 테다. 엄마한테 혼나고 뒷동산에 숨어들었듯 숲속으로 숨어들어 갈 거다. 나무에 기대 앉아 광합성의 흉내라도 내어 볼 거다.

비밀의 숲 속으로

본디 시험림이나 생태숲은 연구를 목적으로 보전, 관리하는 숲을 말한다. 사람들에게 휴식 공간을 제공하기 위해 조성한 휴양림과 다르다. 원래는 일반인이 출입할 수 없지만 한남시험림과 한라생태숲은 교육이나 체험을 위하여 탐방객을 제한적으로 허용한다. 간이화장실만 있을 뿐 편의시설은 없다. 숲은 깊고 사람이 적다.

숲에 발을 들여놓자마자 멈춰서 버린다. 말을 잃게 하는 풍경. 원시림이 만들어내는 풍경은 사람을 압도한다. 곧고 높은 나무가 빽빽이 늘어선 숲은 어두울 지경이다. 초록이 깊다 못해 온통 갈맷빛이다. 드물게 파고드는 햇살은 아주 잠깐 연둣빛을 반짝 뿌리고 이파리에 닿자마자 스며든다. 이파리를 쓸며 나무 사이로 미끄러지는 바람에도 새소리에도 초록이 묻어 있다. 도무지 현실 같지가 않다. 걷다 보면 어느 순간 다른 세상에 가 있는 게 아닐까. 앨리스의 토끼가 뛰어나온대도 놀라지 않을 것 같다. 난쟁이와 요정도 만날 수 있겠다. 수많은 신화와 전설이 숲에서 태어났다. 나무 사이에 꼼짝없이 서서 숲의 숨소리를 듣고 있노라면, 그 이야기들이 모두 사실일 것 같다. 넋을 놓고 있다가 바스락거리는 기척에 얼른 돌아보니 노루가 풀을 뒤지고 있다. 말을 걸어보고 싶은 충동을 꾹 누르고 요정이 놀라지 않게 발소리 죽여 자리를 뜬다.

피부에 닿는 서늘한 초록은 나무 한 그루 한 그루가 살아 호흡하고 있음을 새삼 느끼게 한다. 공기 중의 햇빛과 빗물만으로 자신과 다른 생명들마저 살리는 에너지를 만들어내는 나무는 완전한 존재이다. 하나의 완전한 우주다. 나무가 뱉어내는 초록에는 햇빛과 비가 여전히 담겨 있다. 그래서 아무리 가물어도 숲은 물기가 가득하고 가장 깊은 그늘의 이끼에도 햇빛이 고여 있다. 그러기에 숲은 신성하다.

삼림욕이니 힐링이니 하는 말을 떠올릴 필요도 없다. 그냥 이렇게 앉아 있으면 된다. 숲의 청량한 날숨이 허파에 깊이 고이도록. 천천히 깊게 숨을 쉬면서.

마음만 먹으면 언제라도

한라생태숲은 5.16 도로의 초입에 있다. 제주 시내에서 가깝고 인원 제한도 없어 부담 없이 갈 수 있다. 탐방로가 잘 정리되어 있으며 숫모르숲길(숫모르는 '숯을 구웠던 등성이'라는 뜻으로, 한라생태숲 일대의 옛 지명이다)은 절물자연휴양림과 이어진다.

도로에서 조금 들어왔을 뿐인데 어느새 깊은 숲속에 서 있다. 나뭇잎으로 덮인 흙길은 폭신하다. 콘크리트, 시멘트 포장이 아닌 길을 밟는 것만으로도 기분이 좋다. 공기에서는 돌코롬하고 톡 쏘는 냄새가 난다. 풀벌레 소리조차 싱그럽다. 지글대는 여름의 태양도 숲에선 한 줄기 순한 빛살로 걸러져 내려와 가닥마다 고운 빛깔로 출렁인다. 시간이 빠르게 가는지 느리게 가는지 모르겠다. 아무래도 좋다. 탐

방로는 여러 갈래로 갈라지지만 지도는 안 볼 거다. 그냥 내키는
대로 조금 걷다가 들꽃을 만나면 쪼그려 앉아 한참 쉬다가.

나무 그늘 아래서 만난 상사화
숲 한쪽 그늘이 유난히 환하기에 가까이 가보니 꽃밭이다. 제주를
품은 이름의 꽃, 제주 상사화. 잎 없는 긴 꽃대 위에 꽃송이가 한
다발, 등불처럼 피어난다. 꽃이 피기 전에 잎이 다 떨어져 꽃과 잎
이 만나지 못한다 하여 상사화라 한다. 가늘고 긴 줄기가 한껏 핀
꽃 무게에 버쳐(버거워) 휘청거린다. 그 모습이 이름만큼 애달파서,
무리지어 피었어도 쓸쓸해 보인다. 상사화는 늦여름과 초가을 사
이에 피고 진다. 어느새 와락 피었나 싶었는데 한순간에 후드득 떨
어지며 여름의 끝을 알린다. 이 또한 아쉽다. 어느 꽃 어느 생명이
그렇지 않을까마는.
제주 상사화는 투명한 주황색이다. 스러지는 저녁해의 빛깔.
나무그늘 아래서 저무는 하루를 바라본다.

바람이 분다.
상사화가 진다.

습 관

가을과 밤 사이에 감기가 들었습니다
삼킨 열을 토해 놓고 보니 일년 전의 얼굴입니다
산 채로 죽은 잎을 삼켜야만 했습니까
병은 습관을 두고는 달아나지 않습니다

섬과 밤 사이에 말을 버렸습니다
옛날에 착함 말곤 할 수 있는 게 없던 바보는
몇 계절을 걸어서 육지 끝에 도착해
망자가 벗어둔 신발을 신고 물에 뛰어들었다죠

밤과 아침 사이에 그림자를 잃었습니다
기도밖에 할 줄 모르던 마른 두 발을 걷고
어느 산 언저리를 헤매어 돌아올 줄 모릅니다
창을 넘어 들어오는 건 언젯적의 아침입니까

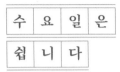

수요일은
쉽니다

미안합니다

당신은 싸움이라도 하고 싶었던 모양이지만

당치않은 시비를 걸어와도

받아줄 수가 없네요 오늘은 쉬는 날이거든요

저는 수요일에 쉽니다

감정을 담당하는 소프트웨어를 포맷하고 24시간 동안 꺼둡니다

그러지 않으면 오래 사용할 수가 없어요

이곳의 소금기 많은 바람은 뭐든 금방 부식시키거든요

네 꼭 수요일일 필요는 없지요

예전에 어떤 일이 있었던 날이라 수요일로 정했습니다

일생의 수요일에 쓸 슬픔을 모두 써 버렸어요

제 하드웨어는 용량이 별로 크지 않거든요

그러니 나를 이유 없이 화나게 하거나

당신의 울분을 떠넘기고 싶으면 다른 요일에 하세요

수요일은 쉽니다

10월 / 나무는 무엇을
지키려는 게
아니라 그저
그 자리에 있다.
그냥
서 있을 뿐인데
사람들은
든든하다며
마음을 기댄다.

미쳤어?

사진을 보고 선생님이 한 말입니다. 어디서 찍었어요? 오름에서요. 언제 갔어요? 그저께 밤에요. 누구랑요? 혼자서요. 미쳤어?

갑자기 튀어나온 반말에 그냥 서로 웃었습니다. 걱정이 먼저 되어 한 말입니다. 그 오름에 가본 사람은 알지만 어느 오름이나 대개 그렇듯 진입로는 만만찮은 오프로드고 조명 같은 건 당연히 없습니다. 한술 더 떠서 공동묘지 중간을 가로질러야 올라갈 수 있거든요. 누구한테 알리지도 않고 혼자 암행을 하기에 적절한 곳은 누가 봐도 아닙니다. 게다가 그때 저는 제주에 온 지 몇 달 안 되었을 때라 지리도 잘 몰랐거니와 산행에 익숙한 사람도 아닙니다. 용감무식했었다는 말을 이렇게 길게 하고 있습니다.

저는 용감무식으로는 어디 내놔도 빠지지 않습니다. 겁이 없다기보다 심하게 편향되었다고나 할까요. 사람에게는 겁을 지나치게 먹고, 사람이 아닌 것에는 그닥 무서워하지 않습니다. 가진 게 없다 보니 잃을까 두려운 것도 없습니다. 내키는 게 있으면, 뒷일? 그게 뭔가요. 그냥 합니다. 그러다 보니 미쳤냐는 말을 꽤나 듣습니다. 도로 한복판에서 낭떠러지 끝에 걸터앉아서 펜스 없는 옥상 난간에 올라서서 사진을 찍을 때도, 불유쾌한 사직을 하고 실업급여마저 날리고 대출빚을 끌어다 해외여행 티켓을 샀을 때도, 사흘 만에 직장 아파트 다 정리하고 열흘 만에 제주로 내려왔을 때도 들었던 말입니다.

그런데 요즘 미쳤냐는 말을 듣는 일이 뜸했습니다. 제가 정신을 차려 갑자기 정상적인 인간이 된 건 아닙니다. 내키는 게 있어야 미치거나 말거나 할 텐데 내키는 게 없군요. 어쩐지 재미도 없고 하고 싶은 일도 없습니다. 슬럼프는 아닙니다. 슬럼프는 뭔가를 열심히 하는 사람에게나 오는 거죠. 저는 천성이 게을러서 뭐든 그리 열심히 해본 적도 없는걸요.

사진을 찍다가, 글을 쓰다가, 책을 읽다가 갑자기 멍해지는 일이 잦아졌습니다. 순간 내가 지금 어디 있는 건지 알 수 없는 상태가 됩니다. 급기야 이제는 아무 때고 '여긴어디 나는누구' 씨가 찾아옵니다. 오늘도 도서관에 숨은 저를 불쑥 찾아온 '여긴어디 나는누구' 씨에게 쫓겨 나왔습니다. 비가 오고 있습니다.

저는 언제나 그랬습니다. 툭하면 몇 시간이고 차를 달려 어딘지도 모를 곳으로 가곤 했지요. 버스 기차 배 비행기 가리지 않고 잡아

타고 멀리 가려 했습니다. 어디야? 정동진이야. 목포야. 토함산이
야. 울릉도야. 오름이야. 섬이야. 미쳤어?

그러니까 너무 오래 미쳐 있지 않았던 겁니다. 아무래도 안 되겠
다. 내 쪽에서 '여긴어디 나는누구' 씨를 찾아가야겠다고 생각하며
차의 방향을 돌렸습니다. 일단 바다로 내려갑니다. 잠시 바닷가에
차를 세우고 쏟아지는 비와 젖지도 않는 바다와 눈싸움을 합니다.
예전에는 자주 비를 맞기도, 옷 입은 채로 얕은 바다에 앉아 있기
도 했었는데요. 오랜만에 한 번 해볼까 했지만 겨우 참아주고 있는
감기가 심해질까 봐 관두기로 했습니다. 대신 특기를 살려 헤매 보
기로 했지요. 바다를 오른쪽에 두고 달립니다. 섬을 한 바퀴 돌아
보기로 합니다. 네. 제주섬이요.

저는 지금 길 위에 서 있습니다. 은유가 아닌 실제 상황으로, 그러
나 은유적 표현이 아니라 실제적으로 말하면 포구 옆의 길가에 세
워둔 차 안에 앉아 있습니다. 오후 여섯 시부터였으니 달린 시간이
여덟 시간인가요? 처음으로 자전거를 탔던 애월, 힘들게 찾아갔던
월령리, 이유 없이 고향 같은 모슬포, 커피향 닮은 햇빛의 사계, 꿈
을 주었던 칠십리, 뭔지 모를 그리움의 보목, 가도가도 끝이 없는
성산을 지나왔습니다. 늘 한 발 앞에 있는 '여긴어디 나는누구' 씨
를 따라가며 길에 떨어져 있던 기억들을 주웠습니다. 미쳤었던, 잘
미치던 마음을 찾고 있습니다.

미쳐야 할 때는 미쳐야 합니다. 무언가에 미쳐 있을 때, 그 기운이

사람이 살아가기 위해 꼭 필요한 힘입니다. 마지막으로 미쳤었던 게 언제였을까 한 번 떠올려 보세요.

새벽 두 시. 비는 멎었고 바람이 차를 흔듭니다. 조금 지쳤으니 잠시 눈을 붙일까 합니다. 한여름이나 한겨울이 아니니 죽지야 않겠지요. 그렇대도 어쩔 수 없지만.

미쳤어?

아직 멀었습니다.

스스로
유배시키기

유배. 죄인을 먼 곳으로 보내어 깊숙이 가두었던
형벌. 돌아올 수 없는 절망을 안고 떠나야 했던 죽음의 길.
제주는 한때 유배의 땅이었다. 섬이어서. 서울에서 가장 먼 곳이
라서.

바다와 섬은 몇백 년 전과 크게 다르지 않을 텐데
사람 사는 모습은 많이 변했다. 사람들은 여행의 설렘을 안고 바다
를 건너와 제주에서 며칠 혹은 몇 주를 살다 간다. 여행이란 때로
외딴 곳에 스스로를 고립시키는 행위인 거다. 제주를 떠나지 않고
있는 나는, 오랜 여행 중이라기보다 실은 스스로 유배된 거지… 빈
둥대며 상념에 빠져 있던 내 대뇌의 골목으로 추사 김정희가 걸어
간다. 추사가 유배살이를 했던 대정 인성리로 가보기로 한다.

181

제일 먼저, 하르방에게 인사를 한다

100년 전까지만 해도 대정에는 성이 있었다. 추사관 앞에 있는 하르방은 지금은 사라진 성문을 지키고 있던 '진짜' 하르방이다. 18세기경(영조 시대)에 만들어진 걸로 추측되는 '진짜' 하르방은 현재 47기가 남아 있다. 2기는 국립민속박물관에 있고 제주에 45기, 그중 12기가 대정에 있다. 대정골 하르방은 몸집이 작다. 제주시의 '진짜' 하르방 평균 신장은 187cm인데, 여기 하르방들은 130cm를 겨우 넘는다. 얼굴도 눈도 동글납작하고, 낮은 코에 작은 입이 빙

삭^(빙긋) 웃는다. 이건 마치 아이 같잖아. 이추룩^(이렇게) 아꼬운^{(귀여}
^{운)} 하르방이라니. 주민들의 안전과 건강을 지켜주며 기원하던 수호
신의 모습은 마냥 친근하다. 안녕 안녕 마주 웃으며 인사를 해준다.
추사가 지내던 집에 잠시 들른다. 많은 관람객이 다녀가지만 오래
머물지는 않는다. 주인 없는 집의 안거리 밖거리며 장독대를 주왁
주왁^(기웃기웃). 장독대에는 부추꽃이 피고, 동백나무 그늘에 꽃무릇
이 서 있다. 추사가 사랑했다는 수선화가 필 계절은 아니지만 물마
농^(수선화) 대신 마농꽃^(나도샤프란)이 돌담 아래 여기저기 앉았다. 구

삭(빙긋) 웃는다. 이건 마치 아이 같잖아. 이추룩(이렇게) 아꼬운(귀여
운) 하르방이라니. 주민들의 안전과 건강을 지켜주며 기원하던 수호
신의 모습은 마냥 친근하다. 안녕 안녕 마주 웃으며 인사를 해준다.
추사가 지내던 집에 잠시 들른다. 많은 관람객이 다녀가지만 오래
머물지는 않는다. 주인 없는 집의 안거리 밖거리며 장독대를 주왁
주왁(기웃기웃). 장독대에는 부추꽃이 피고, 동백나무 그늘에 꽃무릇
이 서 있다. 추사가 사랑했다는 수선화가 필 계절은 아니지만 물마
농(수선화) 대신 마농꽃(나도샤프란)이 돌담 아래 여기저기 앉았다. 구

석구석 꽃들이 수줍은 얼굴을 내밀어주니 빈집이 그리 쓸쓸해 보이지는 않는다. 왜인지 안도하며 다시 길을 나선다.

단산을 바라보며 걸어보자

단산 서쪽 아랫마을 인성리는 마을 안길이며 밭길 모두 아름답다. 집담마다 뻗어 나온 나뭇가지에 푸른 잎, 붉은 꽃, 익어가는 귤과 감이 묵직하다. 길이며 밭 가장자리는 철마다 자리를 바꿔 앉는 꽃들 차지다. 여름과 가을이 만나는 이맘때엔 부추꽃 마농꽃으로 가득하다. 밭담 아래 가지런히 피어 있는 부추꽃. 올레 틈틈이 숨죽여 흔들리는 마농꽃. 도시에서는 보기 힘든, 이름조차 모르고 지낼 꽃들. 피어 있대도 눈길 한 번 주지 않고 지나칠 만큼 수수하다. 이 수수함 속에 제주의 진짜 모습이 진하게 녹아 있다. 마을길 밭담길에 스며들 듯 어우러진 채소꽃 곡식꽃. 제주가 아름다운 이유.

밭에는 모종 심기가 한창이다. 아이들의 손까지 빌려 열심인 모습에 조금 멋쩍어진다. 모든 노동이 아름답지만 농사일은 더욱 그렇다. 흙을 일궈 생명을 가꾸는 일이며, 삶의 근본인 먹거리를 길러내는 일이기 때문이다. 하지만 나 보기에 좋다고 허리가 휘어지게 힘든 노동을 바라보고만 있는 건 무례할 따름이다. 멈추지 말고 걷자.

밭 가운데 방사탑이 보인다

원통형 돌무더기 위에 사람 모양 석상이 올라앉아 있다. 마을의 어
느 한 곳에 좋지 않은 기운이 보일 때 액막이를 위해 쌓았던 탑이
다. 그런데 돌마저도 귀한 섬인지라 근처에 부대훈련소를 지으면
서 탑을 허물어 돌을 옮겨갔다. 그 후 마을에 자주 불이 나고 가축
이 병들어 죽자 마을사람들이 쌀을 모아 다시 쌓았다. 첫 돌을 놓
는 자는 수명이 짧아진다 하여 모두 꺼릴 때, 가장 나이 많은 어르
신이 돌을 놓아 탑을 쌓을 수 있었다 한다. 그 후로 나쁜 일들은 모
두 사라졌을까. 지켜주는 이가 누구인지는 모른다. 빙삭 웃는 돌사
람에게 손을 모아 인사를 한다. 저는 마을에 해를 끼치러 온 사람
이 아니에요. 잠시 이 동네에 마실 온 다른 마을 사람이에요. 좀 지
나가도 될까요.

대정향교의 소나무는 세한도를 조금 닮았다

세월의 바람을 몸으로 견뎌온 탓일까. 다소 힘들어 보이기는 하나 여전히 강하고 멋진 모습. 지붕 위로 우뚝하다.

오래도록 세한도의 나무를 한 그루로 기억하고 있었다. 다시 그림을 볼 때마다 나무가 한 그루가 아니라는 사실이 새삼스럽곤 했다. 집에 기대듯 굽은 나무의 이미지가 강렬해서 다른 나무들을 기억하지 못했다. 세한도의 사본은 추사관에도 있고 책으로도 볼 수 있지만 굳이 향교 마당에 앉아 세한도를 떠올려 본다.

나무는 무엇을 지키려는 게 아니라 그저 그 자리에 있다. 그냥 서 있을 뿐인데 사람들은 든든하다며 마음을 기댄다. 겨울이 되어서야 소나무의 푸르름을 알게 되듯, 추사는 어려운 처지에서 친구의 의미를 깨달았다 한다. 우리는 누군가에게 기대어 살 수밖에 없다. 나무든 사람이든.

문득 걸어온 길을 돌아보고 싶어진다

바굼지 오름의 허리까지만 올라가보자. 단산의 다른 이름이 바굼지 오름인데, 바굼지가 박쥐인지 바구니인지는 확실치 않다. 아무튼 둘 다 닮았다.

조금 올라왔을 뿐인데 주위 풍경이 시원하게 펼쳐진다. 바로 옆의 산방산과 사계리 앞바다에 뜬 형제섬, 이웃한 송악산. 단산을 둘러싼 밭은 한라산 아랫자락부터 바다까지 이어진다. 이런 풍경을 보면 왜인지는 모르지만 마음이 푸근해진다. 낯선 마을인데도 어릴 적 살던 곳인 양 향수가 느껴진다. 어디선가 밥 짓는 연기라도 올라온다면 더욱 그럴 테지.

추사는 유배된 처지에도 꽤 자유롭게 주변을 돌아다녔다고 했다. 그는 이곳에 와봤을까. 이 풍경을 보았다면 타향살이가 조금 덜 힘들었을 텐데. 이 아늑한 풍경을 보며 이렇게, 살아가기 제법 괜찮은 곳이라며 위로받았을 텐데.

마 중 거 리

당신이 돌아오지 않아
아직 잠이 들지 못했습니다

이맛살에 내려앉는 주름처럼 천천히
천천히 내려앉는 기왓돌의 주름만큼
작아진 키를 눕혀 먼지같이 잠드는 날
이 긴 하루도 끝이 날 테지요

기일게 그림자를 끌며 오는 당신의 발소리가
저녁보다 한 발 앞서 돌담을 넘는
그날에

굴묵에 숨죽여 숨은 눈물 눈물
모다 쓸어내 탁탁 털어 마당 가득 말리겠습니다

189

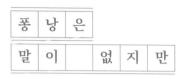

퐁낭은
말이 없지만

그믐에도 찾아가고 동트기 전에도 가보았다
섬이 통째로 얼어붙은 동짓날 폭설에도 갔지만
한 마디도 해주지 않았다

목소리는 가장 늦게 늙는다는데
천진한 만큼 잔인하거나 너무 겁이 많은 아이의
웅얼거림이라도 놓칠세라 초조히 귀를 문대어 봐도

나이만큼 비운 속을 넉넉히 울리며 나올
소리는.

중력에 흘러내린 주름살 사이, 잘려 나간
마디마디만 매끈한 눈동자로
바라보고 있었다

11월 / 가을바람이
우리 마음에
사무치는 건
억새를
지나온 바람에
묻어 있는
그리움
때문이었나 보다.

-내가 글을 쓴다는 건

　　　　사진의 나무는 나무처럼 보이지만 실은 위장한 육식 코끼리입니다. 다음 사진에는 감쪽같이 속아 넘어간 고양이를 코로 말아올리는 코끼리의 모습이 찍혀 있습니다, 라는 건 물론 새빨간 거짓말입니다. 나이가 좀 많을 뿐 평범한 나무의 둥치 앞을 평범한 고양이가 지나가고 있을 뿐입니다. 오랜만에 망상의 어깻죽지를 맘놓고 퍼덕여 보았습니다. 하루키의 흉내라는 건 비밀도 아니지요.

네, 《노르웨이의 숲》의 그 하루키입니다. 식상하다구요? 어쩔 수 없지요. 그 하루키가 제가 좋아하는 작가이자 제게 글을 쓰게 했던 *인걸요. (*는 스타, 그러니까 별이 아니라 와일드카드의 그것입니다. 알맞은 말을 아직 찾지 못해서요. 뮤즈, 멘토… 글쎄요 아직은 저 안에 집어넣을 단어를 잘 모르겠습니다.)

에세이는 별로 읽지 않던 시절에도 보았던 게 하루키의 글이었습

니다. 가볍게 읽히는 만큼 쉽게 내용을 잊는 게 또 에세이라서, 시간이 좀 지나면 새로운 기분으로 읽곤 했지요. 우울할 때면 하루키를 읽었습니다. '하루키를 읽으면 살맛이 난다.' 그 당시 일기에 썼던 말입니다.

대단히 감명 깊었다는 게 아닙니다. 그런 감동이 있었다면 에세이건 잡문이건 잊을 리가 없지요. 제가 하루키의 글에서 본 건 그런 게 아니라 '그래, 그런 거지 뭐' 하는 생각이었습니다. 일생일대의 사건, 인생의 깨달음, 놀라운 진리, 사고의 대반전… 세상은 그런 거대한 것들로만 지탱되는 게 아닙니다.

시시콜콜한 일상, 하나마나한 이야기, 의미 없이 흘러가는 시간들 같은 작은 일들로 이루어져 있는 세상을 보았습니다. 그 안에서 할 수 있는 건 변변찮은 일상을 묵묵히 살아가는 이야기, 무심히 던지는 농담 정도라는 겁니다. 지루해하기도 하고 가끔은 어이없어 하다가 피식 웃어 버리며 그래, 사는 게 뭐 대순가… 그러다 보면 조금은 기운이 나기도 해서, 실없는 농담을 따라해 보기도 했던 거지요.

생각해 보면 그때부터 무언가 쓰고 싶다는 생각을 했었습니다. 도대체가 써지지는 않았지만 뭔가 뱃속에 있는 듯한, 냄비의 물이 거의 졸아들고 바닥에 아주 조금만 남아 끓고 있는 듯한 기분이었습니다. 깊숙한 데서 부글거리는 게 분명히 느껴졌지요. 근질거리면서도 아픈 게 멍이랑 비슷했습니다. 하지만 제대로 끓이지도 뱉지도 못하고 쩔쩔매는 사이에 남은 물마저 없어져 버리곤 했습니다.
바닥만 새카맣게 태워놓고.

뭐 그리 대단한 걸 쓰려 했던 걸까요. 내 속에서 끓던 건 큰 감동
같은 게 아니었는데. 삶의 구겨진 틈 사이로 건네는 실없는 농담.
무거운 한숨이 피식, 김빠진 웃음으로 바뀌는 순간이 주는 작은 위
로였는데 말입니다.

計절이란 게 참 묘하다. 바람 많은 섬 제주도에서, 가을이라고 바람이 더 부는 것도 아닌데. 가을바람만 불기 시작하면 어디로든 슬며시 떠나고 싶어지니 말이다. 꼭 가보고 싶은 곳도 뭘 하겠다는 계획도 없이 무작정 나서고 싶을 때. 가장 좋아하는 길 하나 떠올려 보면 어떨까.

길에도 이름이 있다
참 좋아하는 길이 있다. 여름에도 가고 가을에도 간다. 새벽 이른 시간에도 저녁 해질 무렵에도 간다. 근처를 지날 일이 있으면 굳이 그 길을 지나려고 먼 길로 돌아갈 때마저 있다.
귀찮은 건 질색이라 휴일이면 뚜렷한 목적지도 없이 집을 나설 때가 많다. 그날도 여느 때처럼 어디가 어딘지도 모르는 길을 내키는 대로 달리고 있었던 것 같다. 우연히 어떤 길로 들어섰는데, 순간 그림 속에 들어온 듯했다.

나중에, 그 길이 금백조로라 불린다는 걸 알았다. 이름도 참 예쁘다며 마냥 좋았다. 길에 이름을 붙이는 건 쉽게 기억하고 부르기 위함이겠지만, 이름을 아는 길은 왠지 좀더 친근하다.

신들의 어머니 금백조

금백조로는 1112번 지방도로(비자림로)에서 성산 쪽으로 갈라지는 길인데 송당리를 지나 수산리까지 이어진다. 비자림로를 평대리 방향(동북쪽)으로 달리다 번영로(97번 지방도로)와 만나는 대천교차로를 지나 3km를 더 가면 오른쪽으로 갈라지는 삼거리가 나온다. 금백조로 입구다.

금백조는 송당마을 본향당에서 모시는 신의 이름이다. 본향당은 마을의 신당을 말한다. 제주에는 마을마다 이어져 내려오는 신화와 민간신앙이 있다. 이제는 많이 사라지긴 했지만 전통문화의 맥을 이어가는 곳도 있는데, 송당 본향당은 대표적인 신당 중 하나다.

금백조는 금백주, 백주또라고도 한다. 본디 제주 출신이 아니라 외지에서 왔는데 송당마을에 살고 있던 사냥꾼 소로소천국을 만나 결혼한다. 금백조는 자식들이 생기자 남편에게 제때 밥 먹기 어려운 사냥은 그만두고 농사를 짓자고 한다. 그런데 어느 날 배가 고픈 소천국이 밭 갈 소를 잡아먹고 남의 소까지 먹어 버리자 금백조는 도둑과 살 수 없다며 소천국을 내쫓는다. 둘 사이에는 아들 열여덟 명과 딸 스물여덟 명이 있었는데, 이 자식들은 제주도 각지로 흩어져 마을의 본향신이 되었다고 한다. 송당이 제주 신들의 고향이라 믿는 마을 사람들의 이야기다.

신화를 두고 사실성을 따져보는 건 의미 없는 일. 여행자에게는 그저 흥미로운 이야기다. 여행을 좀더 풍요롭게 해주는 이야기가 있는 곳. 그걸로 좋은 거다.

그림 같은. 어쩌면 음악 같은

금백조로에 들어서면 이내 오름의 물결을 만난다. 오름 위의 사람까지 보일 만큼 가까이 앉은 백약이오름을 시작으로 좌보미, 문석이, 동검은이, 궁대악, 돌리미, 낭끼오름… 눈 닿는 데마다 오름이 출렁거린다. 가까워졌다 멀어지는 오름의 능선은 짙어졌다 옅어지며 어떤 날은 수묵화를, 어떤 날은 수채화를 그려낸다. 계절마다 초록이 가득한 밭 위로 검은 돌담이 구불구불 기어가고, 사이사이 밭이랑이 때론 굵고 때론 가늘게, 노랗고 붉은 선을 잇는다.

금백조로는 앞뒤, 좌우, 위아래 어느 쪽으로든 곡선을 그리는데, 여기에서 리듬이 생긴다. 직선의 길에서는 느낄 수 없는 운율이다. 길은 오름과 밭 사이로 굽이굽이 흘러간다. 억새들이 음표마냥 춤을 추며 날아오른다. 풀 뜯는 말과 소가 뜨문뜨문 쉼표를 찍고, 어느 순간 나타난 풍력발전기가 악센트를 준다. 풍경의 모든 것들이 어우러져 그려내는 악보. 창문을 열고 되도록 천천히 달리자. 음악

이 들려온다.

어디에 멈추어도 억새 천지

제주에선 가을이니 억새를 보겠다고 굳이 길을 떠날 필요는 없다. 어떤 길, 어떤 오름이든 억새를 잔뜩 품고 있으니 내키는 곳에 잠시 멈춰서면 된다. 오늘은 호젓하게 앉은 돌리미로 가 본다.

쉬이 오를 수 있는 낮은 오름이지만 전망이 제법이다. 금백조로 주위 풍경이 시원하게 눈에 들어온다. 궁대오름, 낭끼오름이 이웃해 있고, 성산이오름(일출봉)도 깜짝 놀랄 만큼 가깝게 보인다. 북쪽으로는 손지오름, 다랑쉬, 용눈이가 토닥토닥 나란히 앉았다. 어릴 적 TV 위에 있던 못난이 인형처럼. 멀리서 보면 닮아 보이지만 모두 다르다. 멋부린 머리 모양처럼 나무가 자란 손지오름, 힘 있는 선으로 우뚝한 다랑쉬, 유려하게 흐르는 용눈이오름. 모두 이름이 있듯 저마다의 특징과 매력이 있다. 세상 어떤 존재도 완전히 똑같은 건 없다는 거다. 바람도 풍력발전기 날개 위에서, 나뭇잎과 억새 위에서 언제나 다른 곡조의 휘파람을 분다. 길은 끊임없이 음악을 들려준다. 오가는 차들마저 춤을 추듯 지난다.

밭길을 구불구불 달려 한못으로 가본다. 수산한못은 들판 가운데 있어 예전부터 가축을 먹이는데 주로 이용했던 물이다. 이름에서도 알 수 있듯(한은 크다는 뜻) 제주에서는 보기 드문, 제법 큰 못이다. 시린은 이곳의 고요함을 표현할 말을 모른다. 못가에 가만히 앉아

있으면 소리라고는 없는 것 같다. 출렁이는 억새 소리에 귀가 먹먹
할 정도인데, 주위의 모든 소리를 빨아들이고 있는 것처럼 물은 고
요하고 적막하게 가라앉아 있다.

들판은 바람으로 가득하다. 햇살이 억새 물결 속에서 금빛으로 은
빛으로 몸을 뒤치고, 억새는 저마다의 박자로 고개를 흔든다. 수많
은 손들이 어서 오라 손짓하는 듯하다. 저 손짓이 나를 그렇게 불
렀나 보다. 가을바람이 우리 마음에 사무치는 건 억새를 지나온 바
람에 묻어 있는 그리움 때문이었나 보다.

좋아하는 길이 있으신지

단지 그 길이 좋아서, 그저 그 길을 지나기 위해 찾아가는 길이 있
으신지. 하루쯤은 좋아하는 길에서 시간을 보내보자. 차를 타고 가
거나 걸어가거나… 의미 없이 온종일 왔다갔다 해보기도 하고. 여
행이 별건가. 길에서 시간을 흘려보내는 거 아닌가.

저 녁 에

그때 종을 쳤다
세상의 구석에서

어느 골목에 있는 이에게
살아온 만큼의 거리를 돌아
밥 끓는 냄새가 도달하였고
이제와 따라온
두고 온 물건들의 초상이
우련하였다

뼈마디 틈틈이
시나브로 슬어가는 인생의 녹이
걸음을 느리게 할지라도
가야 할 거기
그때

아이들은 모두 집으로 돌아가야 한다

배웅

칫솔과 전기포트를 마지막으로 챙겨들고
빈 방을 나왔다
샷시문을 닫고 물벅을 지나는데
담벼락 아래 대파
한 뿌리
눈을 붙든다
누렇게 신 허운데기 다 헤싸지고
데와진 허리에
한 꼬집 묻어 있는
십일월의 태양빛이
모퉁이를 도는
뒤허리에
기
일
게

12월 / 가장
평범한 풍경이
가장
평화로운
풍경이며,
우리는
여기에서
위로를 받는다.

평화로운

일상을 위하여

-조르주 베르나노스에 부쳐

정작 중요한 건 그리 거창한 게 아니다.

우리가 원하는 건 가족이나 사랑하는 사람들과 함께 먹는 따뜻한 밥 한 그릇이다. 지친 마음을 달래주는 건 사실 말 한 마디다. "뭐해?" "밥 먹었어?" 하루아침에 하늘이 무너졌대도 살아 있는 사람은 배가 고프다. 허기를 채우기 위해 일을 하고, 음식을 사고, 먹는다. 먹지 않으면 살 수 없다. 슬프다고 해서 외롭다고 해서 아프다고 해서 배가 고프지 않은 게 아니다. 부끄러워할 일도 비난할 일도 아니다. 허기를 부끄러워해야 한다면 살아 있다는 사실을 먼저 부끄러워해야 할 것이다.

인생을 뒤흔드는 사건은 갑자기 다가오기에 충격이다. 예상할 수 없었고 받아들일 수 없기에 비현실적이다. 이때 우주로 날아가 버린 정신을 돌아오게 하는 건 너무 평범해서 평소엔 눈에 띄지도 않던 풍경들이다. 세상이 무너졌는데 주위 풍경은 조금도 달라진 게

없다니. 믿을 수 없는 광경에 퍼뜩 정신이 드는 거다. 때가 되면 버스가 온다. 기사는 언제나와 같은 길을 운전하고, 정해진 정류소에 멈춘다. 때로 승객과 사소한 거리로 실랑이를 한다.

도서관에 가면 책이 있고 빵집에서는 빵을 팔고 카페에서 사람들은 스마트폰을 들여다보며 커피를 마신다. 가까운 마트에 가면 저녁거리를 살 수 있다. 날이 지면 가로등과 편의점의 불이 켜지고 동네 아저씨들은 가게 앞에 앉아 술을 마신다. 어느 집 창문에서 아이와 아빠가 TV리모컨을 두고 다투는 소리, 개 짖는 소리, 아이 울음소리. 집으로 돌아가면 엄마가 부엌에서 저녁을 만들고 있을 것 같다. 엄마가 부엌에서 밥 짓는 모습만큼 평범한 풍경이 있을까.

우리가 너무나 당연하게 생각했던 평범함이 실은 무엇보다 크고 중요한 일이라는 거다. 가장 평범한 풍경이 가장 평화로운 풍경이며, 우리는 여기에서 위로를 받는다. 엄마가 차려준 밥상이라면 모든 걸 구원하리라.

밥상을 차려줄 엄마도, 함께 저녁을 먹을 사람도 없다면? 세상은 여전히 무너진 채이고 눈물을 씻을 기력조차 안 남았다면? 아무것도 할 수 없을 만큼 지치고 온몸이 슬픔으로 팽팽해져 다른 아무 생각도 할 수 없을 때, 이때가 일상이 힘을 발휘하는 순간이다. 가장 사소한 일. 너무 사소해서 일이라 하기도 민망한 일. 머리를 굴리지 않아도 몸이 알아서 할 수 있는 그런 일을 한다.

밥을 씹는다. 물을 마신다. 옷을 입는다. 벗는다. 안경을 찾아서 낀다. 모기를 잡는다. 코를 파고 볼일을 본다. 손을 씻는다. 불을 켠다. 끈다. 그래도 머릿속이 상념으로 터질 것 같다면 조금 더 애써 움직여 보아야 한다. 컵을 닦는다. 빨래를 넌다. 이불을 갠다. 따뜻한 음식을 먹는다.

평화는 그런 작은 일들에서 온다.

귀 가

어디를 가시느냐고 묻지 못했다
폭설 속을 걸어야 하는 건 집으로 돌아가는 길일 거라고
멋대로 생각했다
굽은 등이 사라질 때까지 바라봤다
그 후로도 한참
손발이 어는 줄도 모르고 눈밭에 서 있었다
어디로 가야 할지 몰라서
돌아가야 할 집도 기다리는 사람도 없는 나는
이 눈보라를 뚫고 걸을 자신이 없었다

저녁에 엄마한테 전화가 왔다 눈이 많이 왔다던데 괜찮나
작년에 시집간 막내도 전화를 했다
언니야 날 추운데 입을 옷은 있나

내 안 입는 새옷이 많아서 좀 보낼게
막내는 나에 대한 기억이 별로 없을 거다
그애가 아직 어릴 때 집을 떠났으니
그런데도 용케 언니야에게 마음을 써준다
결혼식 때 처음 본 제부 형부들마저 내게 살갑다
부모님이 있는 집이 있고
홀로 하는 타지생활을 걱정해 주는 식구들이 있다
나는 어쩌다 있을 곳이 없는가

나는 어릴 때 집을 떠났고 머물 곳을 찾아 헤맸으나 찾지 못했다
나는 늘 돌아갈 곳이 없었다
어느 길 위에서 왈칵 울음 쏟곤 하는 거다
어디로 가야 할지 모르겠다고

내가 아직 여기 머물고 있는 건
이름을 불러주는 사람들이 있기 때문이고
힘겨운 걸음 이어가는 건 누구에게나 자신만의 길이 있다고
등을 밀어주는 그 한마디가 있기 때문이다

나는 아직도 길을 찾지 못했다
그래서 오늘도 돌아올 곳 없는 길을 나선다

귤림추색이라 했다. 귤 익는 들판은 제주에서 가장 아름다운 풍경(영주십경) 중 하나라는 거다. 제주 어디에나 늘 있는 게 귤밭이라지만 지금만큼 아름다울 때가 있겠느냐 말이다.

12월은 제주에서 가장 바쁜 달이다

귤을 따는 계절이니까. 여행자에게 귤 따기는 체험이라는 이름의 반쯤은 놀이이지만, 많은 제주 어멍들에게 귤은 삶의 전부이기도 하다. 귤 농사를 지어 온가족이 먹고 살고 자식을 길러냈다. 오죽하면 대학나무라고 했을까. 뭐 그리 오래전 일도 아니다. 그런데 이제는 귤나무도 점점 줄어들고 있는 거 같아. 그러고 보니 서귀포에 아주 오래된 귤나무가 있다고 했는데… 아랫목에 이불을 두르고 앉아 귤을 까먹다 생각이 거기까지 닿자, 귤나무를 찾아가보기로 한다.

귤, 밀감, 감귤

제주에선 미깡(밀감)이란 이름이 가장 흔하다. 근데 일본에서도 미깡이라고 하다 보니 이젠 점점 쓰지 않는다. 감귤이란 말도 많이 썼는데, 본디 감귤이라 하면 유자, 레몬, 오렌지, 귤 등을 두루 일컫는 말이다. 요즘은 그냥 귤이라고 하는데 제주에서 주로 나는 밀감이 곧 귤이다. 귤에도 종류가 많은데 진귤, 청귤, 병귤(벤줄), 당유자(댕유지) 등은 전부 귤의 종류이다. 재래귤인 청귤, 병귤, 당유자는 요즘은 많이 재배하지 않고, 지금 우리가 먹는 귤은 온주귤이라는 외래종이다. 그런데 제주에 최초로 들어온 온주귤나무가 서귀포시 서홍동에 있다는 거다. 예전의 서홍성당, 지금은 가톨릭 피정 센터가 된 '면형의 집' 마당에 가면 이 나무를 만날 수 있다.

면형의 집에 들어서니 어마어마하게 큰 나무가 두둥, 하고 나타난다. 단순히 크기만 한 게 아니다. 박력이 대단해 가까이 가면 호통이라도 칠 듯하다. 누가 봐도 귤나무는 아닌데. 무슨 나무지⋯ 호기심을 못 이겨 슬금슬금 다가가 보니 220년 된 녹나무란다. 하지만 굳이 안내판을 읽지 않아도 몇백 년 된 나무라는 건 알 수 있다. 앞에 서 보면 어린아이라도 알 거다. 아니지, 어릴 때 여기 와봤다면 엄청 무서웠을 것 같은데. 꿈에까지 따라왔을 것 같아⋯ 멍청히 서서 생각해 본다. 그만큼 한 번 보면 잊을 수 없는 모습이다.

녹나무를 지나 마당 안쪽에 귤나무가 있다. 프랑스인 타케 신부가 일본의 친구에게 제주 왕벚나무를 보내준 답례로 받은 14그루 온

주굴나무 중 한 그루라고 한다. 그게 1911년이라고 하니 100살이 넘은 나이라는 건데 아직도 열매가 열린다. 팔다리에 힘이 떨어진 모양인지 목발을 짚고 있긴 하지만. 할망, 동안이시네요? 힘내시구 오래오래 사세요. 오래 살란 말은 욕이라구요? 진심이에요, 멀리서 인사 드리러 온 거 보면 아시잖아요. 그리고 아직 건강해 보이시는데요? 주름투성이 가지가 바람에 와사삭 몸을 떨며 웃는다.

서귀포에서 가장 오래된 마을

지금은 동홍동, 서홍동으로 나뉜 이 동네의 예전 이름은 홍로(烘爐)다. 마을이 산으로 둘러싸여 화로처럼 생겼다 해서 붙인 이름이다. 예래동과 함께 서귀포에서 가장 오래된 마을이란다. 어쩐지 오래된 나무가 잘도 많다 했지. 혼자 납득하고 만다. 마을길을 늘작늘작(천천히) 걷노라면 몇 걸음마다 커다란 퐁낭, 은행나무, 느티나무가 우뚝우뚝. 길 가운데 아름드리 먼낭(먼나무)이 있어 가까이 가보니 170년 되었단다. 우와. 이 동네선 100살쯤 먹었대도 함부로 어른 흉내도 못 내겠네. 요즘은 어떤 마을이든 몇 년 전의 모습조차 찾기 어렵다. 길과 집을 고치고 짓는 속도가 점점 빨라지니 말이다. 사람보다 오래 살아온 이 나무들은 그 모습을 모두 보아왔다는 거다. 지붕 위로 솟은 나무가 어떤 아이에게는 우리 집을 찾아가는 표시이기도 했을 텐데. 멀리서도 잘 보였을 테니. 지금은 키 큰 건물들이 많아 못 그러겠지. 내 살던 고향인 양 괜히 아쉽다.

오래된 마을에는 어디나 이야기가 있다

예부터 사람들은 물가에 마을을 이루어 모여 살았다. 제주는 물이 특히 더 귀하니 물터마다 이야기가 있기 마련이다. 홍로동에는 지장샘에 얽힌 이야기가 전해진다.

옛날 송나라에서 제주의 지맥을 끊어 큰 인물이 나는 것을 막기 위해 술사를 보냈다. 술사는 지장샘의 수맥을 막으려고 홍로동으로 향했다. 술사가 오기 전, 지장샘에서 젊은 농부가 물을 마시며 쉬는데 백발노인이 다가왔다. 노인은 농부에게 샘물을 길어 쇠질메 (소길마) 속에 감추고, 개가 오면 쫓고 술사가 오면 모른다 말하라 했다. 노인이 사라진 뒤 농부가 물을 길어 쇠질메에 담으니 샘은 말라 없어졌다. 잠시 후 개가 나타나자 농부는 쫓아냈고, 술사가 와서 샘 위치를 물었으나 모른다고 잡아뗐다. 포기한 술사는 지도를 찢고 가 버렸고 어느새 나타난 노인의 말대로 샘물을 쏟으니 샘이 다시 생겼다. 그 후 지장샘은 없어지지 않아 마을 사람들은 물 걱정 없이 살게 되었다는 이야기다.

마르지 않는 샘에 대한 염원과 고마움이 빚어낸 전설일 터. 그런데 전설 치곤 세부 묘사가 디테일하다. 중국 고서에 실린 이야기래도 믿을 것 같다. 아무래도 좋지만. '…그리하여 잘 살았습니다'로 끝나는 이야기가 내려오는 마을은 사람들 마음도 넉넉할 것 같다. 이 동네 아이들은 이 이야기를 누구한테 처음으로 들을까. 요즘 아이들은 옛날 얘기에는 관심 없으려나.

한라산 아래 귤색 화로가 동그랗게 앉았다

과연. 지장샘을 동그랗게 둘러싼 마을을 보니 화로를 닮았다 한 이유를 알겠다. 오르막길로 내리막길로 구불구불 어디로 걸어도 귤밭이다. 귤나무 뒤에서, 아래에서 툭툭, 삼춘들의 수다소리가 튀어나온다. 손은 재게 놀리고 있을 테지만. 어쩌다 눈이 마주쳐서 안녕하세요 인사하니, 어서 와수꽈? 그 먼디서 이디까지 무사 옵디깡? 이디 귤이 잘도 이쁘난 보잰 와수다양. 삼춘은 어이없다는 듯 피식 웃는다. 이쁘주게. 괜찮다는데도 주머니에 다 담지도 못할 만큼 귤을 잔뜩 쥐어주고 휑하니 나무 사이로 사라진다. 한때는 나랏님 진상품이었던 귀한 귤. 맛이 없을 리가 있나. 입 안 가득 우물거리며 귤밭길을 어슬렁어슬렁… 하루가 짧다.

굴림추색이 뭐냐고? 귤밭이 정말 그리 이쁘냐고? 이쁘주게.

그 때만 찍을 수 있는 사진

사진을 판다구? 그림은 한 장뿐이지만 사진이야 몇 천 장이라도 뽑을 수 있잖아. 이 정도는 아무것도 아니죠. 가볍게 흘려줄 수 있습니다. 나도 이런 사진 있어. 없는 것도 있긴 하지만 언제라도 찍을 수 있지. 여기에는 잠깐. 짚고 넘어가야 할 게 있군요. 물론 저는 실력 있는 사진가니 이름난 작가니 하는 사람은 아닙니다. 사진 찍고 글 쓰는 사람입니다. 그뿐입니다. 그렇다고 할말이 전혀 없지는 않습니다.

오늘은 사진에 관한 오해에 대해 이야기를 좀 하고 싶군요. 많은 오해가 있습니다만 사진의 시간성에 대해 생각하게 하는 일이 최근에 있었거든요.

사진의 나무가 낯익지 않나요? 서홍동에 있던, 제주에 처음 들어온 온주귤나무입니다. 지난 글에서 이 나무에 대한 글과 사진을 실었

었죠. 취재를 위한 목적도 있었지만 저는 이 나무를 찍으러 참 많이 갔습니다. 나무 사진이라는 게 워낙 찍기 어렵기도 하고 오래된 것들을 좋아하는 제 성향 때문이기도 했지요. 그런데 며칠 전 오랜만에 갔더니 재작년까지만 해도 쌩쌩해 보이던 나무가 돌아갔더군요. 그날은 마침 나무를 파내는 날이었습니다.

인연이 있기는 했던 모양이라고, 저는 서 있는 나무의 마지막 사진과 땅에 누운 나무의 사진을 찍으며 인사를 했습니다. 살아 있는 존재이니 변하고 죽고 사라지는 건 당연합니다. 무척 아쉽긴 했으나 어찌할 수 있는 일이 아니지요. 그런데 뽑힌 귤나무의 뿌리에서 나와 사방으로 튀어나간 생각의 불티 중 하나에 맞는 바람에 저는 어쩔 수 없이 생각하게 된 겁니다. 유한한 시간과 가치에 대해서요.

이 사진은 이제 다시는 찍을 수 없는 사진이 되었습니다. 그런데 실은 다시 찍을 수 있는 사진이란 어디에도 없습니다. 살아 있는 것이든 아닌 것이든 시간 안에서 존재하니까요. 모든 존재는 변합니다. 우리의 눈이 그걸 알아차리건 못하건 상관없이. 다른 시간에 찍은 두 장의 사진이 같다는 건 눈속임이거나 착각일 뿐입니다. 셔터를 누르는 순간은 지나갔고 '그때'의 사진을 찍을 기회는 이제 없습니다. 모든 존재의 시간은 유한하며 그러기에 가치를 갖습니다. 이는 곧 사진의 가치이기도 합니다.

굳이 한 번 더 말합니다. 똑같은 사진은 없습니다. 그러니 나중에 찍으면 되지 뭐, 라는 생각이야말로 대단한 오해라는 겁니다. 나중은 없습니다. 지금이 지나간 후에 다시 찍을 수 있는 사진이란 없습니다. 모든 경험과 삶이 그렇듯.

한 마디로 게으름 부릴 때가 아냐 이 멍청아!라고 정신이 퍼뜩 들었다는 겁니다. 심오한 말이라도 할 듯 폼만 잡다 지리멸렬 끝내는 것 같지만.

친절한
꽃들

나는 눈물겨웠고
너는 웃어주었다
아무도 아닌 이들에게
충분한 세상
고맙다 말을 할
한 마디 겨를 남기지 않고
질 줄만 아는
옴죽의 틈 아끼어
아깝고 아까웠던
숨

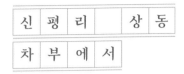

기다리는 버스는 안 오고 애먼데만 눈이 간다

다들 어디론가 돌아가는 중이다

경운기에 용달 짐칸에
15인승 미니버스에 강오 방석 낭푼 마호병 사이에 몸을 싣고
맥심커피 봉지만한 위안으로 하루치를 써낸
허리 어깨 무릎 손 발을 싣고

밭일에서 돌아오는 아주망 할망들의 걸음이 재다

밭이 모두 비도록 버스는 오지 않았고
어둠보다 먼저 내린 비에 쫓겨 떠났다

기다린다고 다 오는 건 아니었다

1월 / 조심히
돌아 나오는
귤 목장 너머로
한라산이
문득 서 있다.
꼭대기에
눈구름이
걸려 있다.
산에는
눈이 오는
모양이다.

　　　　　　달이 눈높이에 뜨는 날이면 생각나는 이야기가 있습니다.

표지며 내지 가릴 것 없이, 마치 처음부터 그랬던 것처럼 온통 갈색이던 책. 책등의 제목은 읽을 수 없었고 앞표지도 반 정도가 없었습니다. 오른쪽 위에서 삼분의 일 되는 부분을 손으로 잡고 아래쪽으로 급히 찢어낸 모양이었지요. 안델센의 그림 없는 그림책. 제목처럼 그림은 없습니다. 유일한 그림이 앞표지에 그려진 것이었는데, 거울을 닮은 타원형 테두리만 간신히 알아볼 수 있었습니다. 그래도 그걸로 충분했습니다. 몇 페이지 되지 않는 짧은 동화를 얼마나 많은 날 읽었으며 얼마나 여러 번 머릿속에 그림을 그려 넣었던지요.

가장 좋아했던 이야기는 굴뚝을 청소하는 소년의 이야기였습니다. 내용이랄 것도 없어요. 도시의 지붕, 지붕과 굴뚝들. 그 중 한 굴뚝

에서 검댕으로 얼굴을 알아볼 수 없는 소년의 머리가 쑥 올라옵니다. 소년은 달을 향해 손을 뻗으며 환희에 차 소리치죠. "달님! 내가 이 도시에서 달님과 가장 가까이 있어요!" 슬프도록 아름답다는 말. 많은 단어를 알지 못하는 어린 나이였으나, 가슴이 머리보다 빠를 때가 많은 법입니다. 사십 년이 지났음에도 그때 그렸던 굴뚝 위 소년의 그림을 눈물이 핑 도는 일 없이 떠올린 적이 없습니다. 때문에 저는 알아요. 이해하지 못해도 느낄 수 있다는 걸 네다섯 아무것도 모르는 나이에 이미 알았습니다.

책은 오래전에 없어졌고 여러 번 찾아보았으나 같은 책을 구하지 못했습니다. 언젠가 덴마크에 가게 되면 고서점을 뒤져 삽화가 그려진 원서를 찾을 수 있지 않을까 꿈을 꾸곤 하지요. 그림 공부를 하고 싶었습니다. 그리고 싶은 그림이 몇 개 있습니다. 자주 꾸는 꿈. 기억 속의 풍경. 머릿속에 그려 넣은 동화와 그림책 장면들. 달과 이야기하는 굴뚝 위의 소년.

아직 종이에 옮기지 못했지만 물감과 용기가 갖춰지면 첫 그림이 되지 않을까요. 지금도 책이든 노래든 어느 이야기에서고 지붕 위 장면이 나오면 이미 머릿속에 있는 그림을 늘 떠올립니다. 내려다보이는 마을. 모여 앉은 집들. 지붕과 굴뚝들. 단 한 번 예외도 없습니다.

저는 높은 곳에 올라앉는 걸 좋아합니다. 언제부터 그랬는지 잘 기억은 안 나는군요. 절벽의 바위며 나무 그루터기. 고층 베란다의 난간. 밑이 보이지 않는 방파제. 구름다리며 전망대 펜스 어디든 엉덩이 붙일 공간만 있으면 걸터앉고 봅니다. 아니 아무것도 보지 않습니다. 그냥 눈을 던지고 있을 뿐이지요. 그곳이 이마를 맞대고 앉은 집들의 지붕 위라면 언제까지고 앉아 있을 수 있을 것 같습니다.

멀리 바다가 보인다면. 안개가 마을을 덮는다면. 어둠이 경계를 지우고 사위를 감싸 안는다면. 별이 뜬다면. 내가 달에 가까이 있다면. 이 세상에서 마지막으로 보는 풍경이어도 좋겠습니다.

파	란	만	장
겨	울	산	책

　　　눈이 온다는 예보를 보면 당장 길 막힐 일이 귀찮
아진다. 어릴 때는 눈 오는 날만 손꼽아 기다렸는데. 젖은 장갑에
손이 아픈 줄도 모르고 눈사람을 만들던 꼬마는 어디로 갔을까.
문득 어린 날의 나를 만나고 싶어진다면, 산책하기 그만인 골목
이 있다. 겨울바람 걱정은 잠시 접어두자. 아이들은 추워도 뛰어
노니까.

겨울엔 그저 이불 속이 최고지
밖에 나가봐야 꽁꽁 얼어 눈사람밖에 더 되겠어? 실픈(귀찮은) 게 많
기로는 어디 내놔도 빠지지 않을 나다. 추운 날 집 밖을 나서는 법
이 없는데 웬일로 오늘은 날씨가 너무 좋은 거다. 제주의 겨울날치
곤 드물게도 햇빛이 쨍하게 창을 뚫고 들어온다. 휴일에 날씨가 좋
은 게 얼마만이래. 귀한 겨울 햇빛이 아까운 맘에 어느새 슬금슬금

채비를 하고 만다. 이왕 나선 길, 동쪽 멀리까지 가봐야겠다.

벽화지도를 만났다

제주 동쪽 끝 성산읍에 있는 신천리는 벽화마을이다. 계기는 영화였다고 한다. 몇 년 전 《선샤인》이라는 영화를 신천리에서 찍었는데 촬영 기간 동안 마을 곳곳에 벽화를 그렸더랬다. 그때 남은 9개의 그림이 벽화마을의 시작이다. 지금은 100여 점의 그림으로 '4계절 꽃피는 마을'이 되었다.

일주도로에서 바다 쪽으로 꺾자마자 보이는 신천리 복지회관. 그 앞에 벽화의 위치를 알려주는 지도가 있다. 그렇다고 지도만 따라다닌다는 건 안 될 일. 답안지를 미리 보는 셈이라 재미가 떨어진다. 제대로 놀려면 그냥 막 돌아다니다가 얼마나 찾았는지, 찾은 그림과 못 찾은 그림을 맞춰보는 게 좋다. 길이 어디로 이어지는지

만 확인하고 골목으로 들어서면 놀이 시작.

늘작늘작(천천히) 걷되 눈은 부지런히 두리번댄다. 그림은 담벼락과 창고 문, 물통이며 화장실 창문을 가리지 않고 숨어 있다. 만화 주인공이 계단을 뛰어다니고 지붕에서 동물이 튀어나오기도 한다. 어디까지 그림이고 어디까지가 진짜 담인지 구분이 안 가는 그림도 있고, 문을 열면 줄어들거나 사라지는 그림도 있다. 숨은 그림을 찾아내는 재미가 쏠쏠하다.

바람이 좀 수상해졌다

출발하기 전에는 날씨가 그렇게 좋더니. 구름이 점점 두꺼워지나 싶더니 급기야 검은빛을 띤다. 바람은 이미 차갑다는 수준을 넘어섰다. 그래 뭐… 바다 마을이니까. 이 정도 바람쯤은 늘 불겠지. 그러니까 예전엔 브롬코지라 불렀겠지. 후회가 전혀 안 되는 건 아니지만 여기까지 온 게 억울해서 그냥은 못 가겠다. 옷깃 단단히 여미고 알록달록 꽃담 가득한 골목을 누빈다.

바다로 가는 마을

신천리는 바다목장이 있었을 만큼 해산물이 풍부한 마을이었다. 오랜 세월 바다에서 지내온 마을사람들의 삶이 골목골목 담벼락에 담겨 있다. 정겨우면서도 애잔한 포구의 배들, 물질하는 해녀, 테왁을 짊어진 어멍들을 따라 걷당 보민(걷다 보면) 어느새 바다에 닿는다. 이곳은 올레 3코스가 지나는 길이기도 해서 종종 올레꾼들과도 마주친다. 어째 내 다리가 뻐근하다며 핑계 좋게 쉴 데를 찾는데, 먹구름이 끝내 비를 쏟는다. 계절쯤은 가볍게 무시하고 여름 소나기마냥 좌락좌락(주르륵 주르륵). 포구 옆의 정자를 겨우 발견하고 뛰어든다. 옷자락에서 뚝뚝 떨어지는 물방울을 보자니 어이가 없다. 모르겠다, 어떻게 되겠지… 하릴없이 포구를 드나드는 배를 보며 앉았다가, 수면 위로 튀어 오르는 물고기를 보며 괜히 감탄하거나 한다. 젖은 옷이 억울하게 비는 후딱 그치고 젖은 땅에 햇빛이 떨어진다. 코지(곶)를 지나는 바람에 섞여 있는 귤 냄새를 맡으니 생각이 난다. 그래, 귤을 말리는 계절이었지.

지금, 제주에서만 볼 수 있는 풍경이 있다

신천목장에서는 11월부터 3월까지 귤껍질을 말린다. 올레길을 따라 목장으로 들어서면 어디에서도 못 보던 풍경이 펼쳐진다. 원래는 말의 차지인 5만 평 초지가 귤색 들판이 되어 있다. 바다와 함께 있어 다른 계절에도 그림처럼 아름다운 곳이지만 지금의 풍경은 그저 놀랍다. 다른 어떤 것도 없다. 그저 귤. 귤. 귤의 바다. 귤껍질이 산과 닿고 하늘과 닿고 바다와 닿아 있다. 주황색 물결이 햇빛을 몸에 섞어 보석처럼 반짝인다. 오래 머물면 혹시 몸에 귤 향기가 밸까 하며 떠날 줄을 모른다. 새코롬한 향기는 한껏 가벼워 아무리 마신들 취하지도 않는다.

한쪽에선 작업이 한창이다. 큰 삽으로 덜 마른 귤껍질을 펼치거나
다 마른 껍질을 털어 모은다. 올레길이란 게 그렇다. 사람들이 지
나갈 수 있도록 하지만 누군가에게는 집이기도 하고 일터이기도
하다. 지나가도 좋고 한쪽에 잠시 머물러도, 사진을 찍어도 좋지만
행여 피해를 주어서는 안 된다. 여행자의 입장에 서면 저도 모르게
무례해질 때가 있다. 내가 가는 모든 곳이 관광지라는 착각에 빠지
기도 한다. 사람이 사는 곳이라는 당연한 사실을 잊는다. 여행자에
게 지켜야 할 예의가 있다면, 다녀간 흔적을 가능한 남기지 않아야
한다는 거다. 내겐 지나는 길이지만 계속 살아가야 하는 사람들이

있으니까. 조심히 돌아 나오는 귤 목장 너머로 한라산이 문득 서 있다. 꼭대기에 눈구름이 걸려 있다. 산에는 눈이 오는 모양이다.

다시 그림 속으로 꼬닥꼬닥(천천히 걷는 모양)

허수아비를 따라 걷다 보면 어느새 돌고래 노는 바다 속이다. 꽃밭을 걷다가, 밤하늘을 걷다가… 눈사람을 만날 때쯤 진짜 눈이 내린다. 기가 찬다. 이번에는 눈이야? 그래 뭐, 비보다는 눈이 낫겠지. 어차피 젖었고… 오기가 생겨 버린다. 골목을 죄다 돌아보기 전엔 안 돌아갈 테다. 혼자 골을 내다 그림 속의 동네꼬마들처럼 픽 웃어 버린다. 아이 때는 눈이 오면 더 좋아라 뛰어놀았는데 뭘. 날씨가 변덕을 안 부리면 섬이 아니지.

아이들이 벽에 그림을 그린다. 작품이라 해도 좋고 낙서라 해도 좋다. 예술이란 게 뭐 그리 거창한 거라고. 아이들이 벽에 그린 낙서가 우리를 웃음 짓게 한다면. 의미를 알기 힘든 추상화보다 가까이 있으며 삶에 온기를 보태준다면. 예술이라 부르지 못할 이유가 무어 있을까. 뛰노는 아이들의 어깨 위로 마지막 햇빛을 뿌리며 파란만장했던 하루가 저문다.

동	네

어릴 적 살던 동네를 찾아갔다
버스에서 내려 시장골목으로 들어가
계란집 생선가게를 지나 구둣방을 끼고 돌면
세 번째 파란대문집 1.5층이 우리집
시장골목까지는 찾았는데 우리집은 못 갔다
계란집 구둣방이 없어서 파란대문집을 못 찾았다
주소도 집주인 할매 손녀딸 이름도 다 까먹어서
아랫목에서 외할매 죽고 작년에 시집간 막냇동생 태어난 집을
내 머리가 나빠서 잊어버렸다

교회가 있는 자리는
고무줄 깨나 뛰었던 공터였던 것도 같은데
알아볼 수 있는 데가 하나도 없는데

짖지도 않는 저 백구가

암만 해도 우리집 흰돌이 같다

학교에서 돌아오면

언제나처럼 달려들며 밥을 조르던

식구 중에 제일 착하고 똑똑했던

내 강아지

어느 나무 아래에서 기다리고 있는 잊혀진 이름처럼

산 목 숨

목숨 건 출근길은 무엇을 위한 걸까

두 시간 전에 집을 나와 바들바들 떨며 언길을 운전해 간다

무게 없는 눈발은 쌓이지도 못해서

바람이 미는 대로 검은 얼음 위를 미끄러져 다니는데

텅 빈 위장의 아우성이 우선이라

어쩌지도 못하고

남의 돈 벌어먹으러 가는 길

늦는다고 전화했다 싫은 소리를 들었다는 동료의 말이

귓부리에 아프게 걸려 있다

핸들을 아프게 움켜쥔 허옇게 불거진 손마디가

흐느끼며 쓸려 다니는 허연 목숨들이

동공에 시큰하게 달라붙어

죽은이를 위로할 수도 없이

언길 위에 서 있다

259

2월 / 아침이라는
단어에
담겨 있는
시작의
설렘과 희망이
온전히
살아 펄떡거린다.

참 오랜만에 글을 씁니다. 한동안 병이 도져 수첩에 메모 한 줄 하기가 그렇게 힘이 들었더랬죠. 반년 만에 들어온 의뢰에 몇 날 며칠 어쩔 줄을 모르고 허둥대다 간신히 턱걸이로 원고를 넘긴 참입니다. 1차 원고일 뿐 완전한 마감도 아니지만요.

(글)자수도 얼마 안 되는, 특출난 내용도 없는 지면 기사에 이렇게나 애를 먹는 건 아마 제가 프로가 아니라서겠지요. 프로 아니라 아마추어라 해도 언감생심. 저는 기자도 전업작가도 아니니까요.

처음 원고 청탁이 들어왔을 때 그런 질문을 받았습니다. "(당신) 이름을 뭐라고 실어야 하나요?" 어버버하다 설명을 듣고서야 질문의 의미를 알았습니다. 말인즉슨, 당신 뭐하는 사람이냐는 거였죠. 대답하는 데 또 일이 초 버퍼링이 걸렸습니다. 그때 솟아난 식은땀이 마르지 않고 맺혀 있는 듯 지금도 떠올릴 때마다 등줄기가 선뜩합니다.

물론 우리나라가 호칭이 빈약한 곳이긴 합니다. 오죽 부를 말이 마땅찮으면 직업으로 사람을 부를까요. 그러니 누군가를 상대하거나 이름이라도 빌려면 '뭐하는' 사람인지 먼저 알아야 합니다. 그러지 않고서는 부를 도리가 없으니까요. 행여 나보다 연식이 있는 – 나이며 학번이 위인 – 이를 '아무개 씨'라고 하거나, 직업에 대한 예우를 담아 OO사님, OO가님…이라 부르지 않는 날엔 큰 사달이 나니 말입니다.

일이 초의 버퍼링 후에 이름 뒤에 꼭 뭔가 붙여야 하냐고 조심스레 물었더니, 그냥 작가라고 할 순 없잖아요 작가님, 무슨 작가라고 할까요? 갈수록 태산이었습니다. 사십 년을 넘도록 구사해 온 모국어의 의미를 알 수가 없습니다.

그때야 알았습니다. 작가는 호칭이 아니라 자격이라는 걸. 등단을 해야 작가다, 공모에서 입상을 해야 한다, 단독 저서를 출간해야 한다, 협회에 등록해야 한다, 공신력 있는 지면에 발표를 몇 회 이상 해야 한다 등등. 그런 요건들을 적어도 하나둘은 '증빙'할 수 있어야 작가라고 불릴 자격을 얻게 되는 것이지요. 무슨 작가냐는 질문은 '당신이 작가라는 걸 증빙하라'는 뜻이었던 겁니다.

이름만으로는 자기를 소개할 수 없는 세상에서 저는 끝내 '글 쓰는 사람'이 될 수 있을지. 밤을 새워 겨우 완성한 서툰 글 한 줄을 싣기 위한 작가라는 이름이 아직 제겐 허락되지 않은 듯하니 말입니다.

이 사진을 보면 트럭에 이삿짐을 싣고 남쪽으로 남쪽으로 밤길을 달리던 그날이 떠오릅니다.

그 겨울에 나는 한 번도 울지 않았습니다. 4월이 되어서야 조금 앓았습니다.

제주로 이주하고서야 처음으로 축제라는 곳을 가보았지요. 그래서 이 풍경이 그렇게도 낯설면서 아름다웠던 걸까요. 하염없이 바라보며 있자니 왠지 그런 생각이 들더군요. 내가 굉장히 멀리 떠나왔구나.

낭만 하면 겨울바다

낭만 하면 떠오르는 것? 어떤 이에게는 비 오는 날 커피숍. 어떤 이에겐 가을밤 귀뚜라미 소리. 누군가에겐 밤을 새워 밤하늘의 별과 내리는 눈을 바라보는 일. 그리고 빼놓을 수 없는, 겨울바다.

낭만 하면 겨울바다지

긴 겨울밤이 슬슬 지겨워지고 계속되는 흐린 날씨에 우울도 깊어져 갈 때 훌쩍 겨울바다를 찾아간다. 인적이 드문 바닷가. 한가로이 떠 있는 고깃배들. 낚시꾼의 고요한 실루엣. 갈매기의 끼룩거림도 어딘가 쓸쓸하고 뱃고동 소리마저 센치함을 부추긴다. 검푸른 파도에 머릿속을 어지르는 잡생각을 쓸려 보내거나, 아예 생각이란 게 없어질 때까지 얼얼한 바람에 얼굴을 내맞기고 서 있다. 청승 떠는 것도 지겨워지면 아침하늘을 맞으러 포구로 간다.

조천, 뜻 그대로 풀면 아침하늘

이렇게 예쁜 이름인데 이토록 딱딱한 어감이라니. 참 아깝다.

왜 조천이었을까. 진시황의 명으로 불로초를 구하러 왔다는 서불의 이야기는 여기에도 남아 있다. 서불이 중국을 떠나 처음 도착한 곳이 여기고, 그가 떠날 때 바위에 조천이라고 새겼다는 거다. 서귀포에도 비슷한 일화가 전해지는데, 서불이란 사람은 참 부지런했던 모양이지. 나로선 상상도 못할 일이라고, 고개를 설레설레 젓는다. 지금은 서불도 글씨가 새겨진 바위도 없는 작은 포구마을일 뿐. 나는 그냥 아침하늘이라고 부르련다. 하늘아침이 맞나? 아무렴 어때. 아침하늘 포구, 아침하늘 바다… 얼마나 낭만적인 이름이냔 말야.

아침하늘 포구는 여름 못지않은 활기와 삶의 냄새로 진동한다. 해도 안 뜬 어스름 속에서 어선들은 출항 준비로 북적북적. 공기에 가득 찬 활력은 겨울새벽 칼바람도 잊게 만든다. 옆에서 보는 것만으로도 심장이 후끈해진다. 아침을 제대로 느껴보고 싶다면 이른 시각 포구에 오면 된다. 아침이라는 단어에 담겨 있는 시작의 설렘과 희망이 온전히 살아 펄떡거린다.

마을의 중심, 비석길을 지난다

제주의 오래된 마을에 있게 마련인, 목민관들의 공을 기리는 비는 대개 마을 중심가에 있어 비석거리라 했다. 조천은 제주성과 가장 가까운 포구 중 하나였다. 부임해온 많은 관리들이 이곳에서 제주에 첫 발을 디뎠던 거다. 공을 세운 관리들은 연북정에서 설렌 맘으로 북쪽 바다를 바라보기도 했을 것이나, 나랏님에게 제주는 한낱 유배의 섬이었을 뿐. 섬에서 보내는 그리움은 짝사랑일 수밖에 없다. 바다를 향한 것이든 육지를 향한 것이든.

마을 곳곳에 오랜 흔적들. 예부터 사람들이 모여들어 살아온 포구 마을에는 모퉁이마다 세월이 바리바리 쌓였다. 눈 닿는 데마다 물터가 있고, 바다를 바라보던 망루와 연대가 있다. 노천탕이며 정미소도 남아 있다. 잡아온 고기를 빨랫줄 마당 골목 가리지 않고 척척 걸어 말리는 모습은 옛날과 크게 다르지 않을 게다. 아침하늘 마을의 해는 만세운동이 일어났던 미밋동산에서 솟는다. 만세를 부르는 조형물의 높이 든 두 팔 위에 해가 동그랗게 얹힌다. 우연일 리 없는 마주침.

연대에 서면 바다와 마을이 한눈에 담긴다. 바닷가 집의 나무는 모진 바닷바람을 등지느라 허리가 한껏 굽었다. 북풍을 버텨야 했던 사람들은 돌담을 겹겹이 쌓았다. 많은 이들이 저 돌담은 환해장성의 흔적이라고 한다. 하지만 여기 이렇게 서서 켜켜이 쌓인 돌담과 허리 굽은 나무들, 휘고 뒤틀린 가지를 본다면. 사람들이 두려워했던 건 외적의 침입보다는 매서운 북풍이지 않았을까. 거친 용암의 섬. 한줌의 땅도 아쉬웠으리라. 밭을 일구고 쇠먹이인 쫄과 새를 키울 땅을 얻기 위해 사람들은 바닷가 맨 끄트머리까지 억척스레 돌담을 쌓았을 거다. 동쪽으로 바다 곁을 구불구불 달려가는 전망

좋은 해안도로. 한쪽으로는 파도를 허옇게 찢는 거친 현무의 해안선이 이어지고, 다른 한쪽으로 빽빽한 겹돌담이 제 몸의 고망(구멍)을 악기 삼아 노래를 한다. 오랜 세월 이어온 이야기. 투박하고 모질지만 정겹기도 한 삶의 이야기를.

마을 동쪽 끝까지 바닷길을 걸으면 관곶에 닿는다
제주에서 육지(해남 땅끝마을)와 가장 가깝다는 땅. 관곶을 서쪽에서 내려다보는 돌무더기 코지(곶)가 하나 있는데, 마을사람들은 엉장메라 부른다. 설문대할망의 전설을 품고 있는 곳이다. 제주도를 만들었다는 신화 속의 설문대할망은 키가 너무 커서 속옷조차 없었다. 사람들이 육지와 이어진 다리를 놓아달라고 빌자 할망은 명주

속옷을 만들어주면 소원을 들어주마고 한다. 힘껏 명주를 모았으나 끝내 한 필이 부족해 속옷도 다리도 완성하지 못했다는 이야기다. 섬의 고립에서 벗어나고 싶었던 사람들. 바다는 그토록 두려운 존재였던 거다. 무자비한 삭풍과 파도는 생명을, 삶을 많이도 앗아갔다. 그럼에도 바다를 떠나서는 살아갈 수 없기에 해가 뜨면 또다시 바다로 나가야 했던, 고달팠던 섬 사람들의 이야기가 짠하다. 엉장메의 바다는 무섭도록 검고 거칠다. 먼 북쪽에서부터 달려온 기세 그대로 부딪치는 바람에는 똑바로 서 있기도, 눈을 뜨는 것조차 불가능하다. 바람의 등쌀에 밀려온 파도가 크게 입 벌려 울부짖으며 검은 용암 위로 와장창 몸을 쏟는다.

고깃배들이 하나둘 포구로 돌아온다

겨울바다에 노을이 잠겨든다. 이무렵 하나씩 불을 켜는 등대와 수평선의 집어등을 보고 있으면 잊고 있던 낭만의 불씨도 함께 켜지곤 한다. 겨울이 깊을수록 밤이 길수록 불빛은 따스하게 마련인가 보다.

무슨 얼어죽을 낭만이냐고? 삶이 시리고 에일수록 온기를 지필 낭만의 불씨가 필요하지 않겠나. 낭만이 밥 먹여 주진 않지만 사람은 밥만 먹고는 살 수 없으니.

| 물 | 끝 | ; | 애 |

– 涯月에서

언제나 밤이었다 그곳은

녹슨 불빛이 끼익끼익 흐느끼며 발밑을 비춘다
아픈 어깨 부딪치며 잠을 자는 사물들
깔고 누운 바다는 밭은기침을 하고

생선조각 모양을 하고 누운
말라붙은 나의 일기
너울성 회한만이 덮쳐 오는 포구

과거를 실은 막배가 떠날 준비를 마쳤지만
첫배는 돌아올 줄 모른다
믿음은 정박할 데를 여태 찾지 못했나

수평선을 막막히 더듬는
망향의 시선 끝에

뚝뚝 떼어 던진 한 섬 두 섬

너무 먼 골목에서

모르는 사람을 만났습니다
안부를 묻는 그에게 잘 지낸다고 대답해 주었습니다
아이는 잘 크냐고 묻네요
아이가 없어 모르겠다 하니
힘들지 힘내라 말해줍니다
언제든지 찾아오라며 손을 흔들어주고
가던 길을 마저 가는 그의 이름을 모릅니다
저녁입니다
다른 동네의 낯선 길에서
모르는 저녁을 만났습니다

다시
어느 월 / 부르기도 하고
만들어보기도
하며
머릿속에서
복작거리는
수많은 이름들.
그러면서
행복한가?

숙래야
고래야

동물을 키우게 된다면. 강아지와 고양이의 이름을 생각해 보곤 한다. 당장 키울 것도 아니면서. 이 이름이 좋을까. 저 이름이 좋을까. 강아지라면 이렇게 불러볼까. 이런 색이면 뭐라고 하는 게 좋을까. 어릴 때는 농담을 진담인 양, 나는 아이를 낳는다면 일곱쯤, 여건이 안 된다면 적어도 넷은 낳고 싶다고 말하곤 했다. 아이들이 좋았다. 아가들은 어떤 아이라도 너무 예쁘더라. 내 인생에 결혼이란 없나 보다, 포기도 인정도 아니라 그냥 그렇구나, 하게 된 후로는 동물을 키우는 게 꿈이 되었다.

동물을 몇 번 키워 봤지만 혼자 사는 생활에 쉽지 않았다. 잃어버리기도 하고 다른 데로 보내기도 한 후에는 그마저도 못하게 됐다. 동물을 많이 키우는 사람들을 보면 참 부럽다. 언제부턴가 내 인생의 꿈은 마당 있는 집에서 개 두 마리와 고양이 한 마리를 키우는 것이 되어 있다. 개 두 마리 고양이 한 마리라는 건 그냥 상징 같은 거고, 개와 고양이를 다 좋아하는지라 모두 키우고 싶은 마음인 거다. 더 많이 있다면야 물론 더 좋겠지만. 마당 있는 집도 내 집이 아니어도 괜찮다. 그저 아이들이 뛰어놀 수 있는 곳이라면 빌린 집인들 어떠랴.

뭐 그다지 어려운 꿈도 아닌데. 남의 돈 벌어먹기 힘들고 현실의 초라함에 자기 연민에 빠질 때마다 누구에게 말해도 제대로 믿어주지 않는 내 꿈이 부끄러웠다. 이렇게 작은 게 간절한 내가. 아직도 이렇게 바라고만 있는 내가. 꿈을 이루기 위해서 치열하게 살지도 못했으면서 왜 나는 툭하면 이루지 못한 꿈을 슬퍼하는 걸까. 게으름을 뜯어고칠 생각조차 않으면서 개 고양이의 이름을 부르는 공상만 한다. 똑똑한 개 두 마리라면 아인이와 슈타인이 좋겠어. 고양이는 고래나 삼치가 좋을 것 같아. 몽룡이는 어쩐지 여우에게 어울리는 이름이야. 여우를 진짜로 키울 수는 없겠지만. 강아지와 고양이 한 마리씩이라면 강아지는 고양이로, 고양이는 강아지로 불러보면 어떨까. 기가 막힌 이름이 떠오르는 경우는 거의 없지만 뭔가 더 멋진 이름이 있을 것만 같아 공상은 질리지도 않고 이어진다.

나는 얼굴이 있는 인형에도 이름을 붙여준다. 이름이 있는 아이들은 부르지는 않더라도 한 번 더 보게 된다. 곧잘 안고 자는 토끼인형은 달나라의 유월 토끼 씨이고 순록 인형은 안델센이다. 친구에게 선물한 고릴라 인형은 베아트리체. 그 외에도 도로시. 커피. 콩쥐. 은다… 부르기도 하고 만들어보기도 하며 머릿속에서 복작거리는 수많은 이름들. 그러면서 행복한가? 모르겠지만 질리지도 않고 같은 생각을 되풀이되풀이. 잃어버린 술래와 이사하면서 입양 보낸 깍두기의 얼굴이 떠오르면 이제 그만하자. 그만하자 하다가 그냥 또 술래라고 할까? 처음부터 다시. 끝나지 않는 이야기.

나는 늘 머리카락 하나만큼 늦었고
그사이에 모든 시간은 하루아침이 된다

손톱이 슬픔보다 빨리 자란다

하지만 이 피곤은 내 것이 아니다
나는 이미 다음 해의 위안까지 끌어다 썼으니

수챗구멍에 수북한 오늘

설화를
따라가다

신화, 전설, 역사… 이름은 다르지만 결국 이야기다. 사람이 살아간다는 건 이야기를 만드는 것에 다름 아니다. 이 땅, 이 섬에 살고 있는 이야기, 부모에서 자식에게로 이어지는 이야기를 들으러 간다.

제주도는 어떻게 생겼나요?

180만 년 전에 처음 화산이 폭발했고, 이후로 수천 년 전까지 활동이 이어져 온 결과 지금의 화산섬 제주도가 만들어졌지요. 누구나 그렇게 답할 것이다. 그 정도는 검색만으로 쉽게 알 수 있으니까. 그런데 아이들이라면? 이렇게 다시 물을지도 모른다. "그런데 누가 제주도를 만들었어요?" 꼭 아이들만 그런 생각을 한 건 아닌 모양이니 엉뚱한 질문이라고 무시할 일이 아니다. 제주도를 만든 여신의 이야기가 전해 내려오는 걸 보면 말이다. 제주도와 한라산을 만든 설문대할망 이야기. 설화라는 게 실은 말도 안 되는 이야기라지만 그런 거짓말 같은 이야기가 그리울 때가 있다. 그럴 때, 할망에게 이미 알고 있는 옛날얘기를 조르듯 설화의 흔적을 따라가 본다.

신화를 한눈에

조천읍 교래리 제주돌문화공원은 이름에서 보이듯 제주의 돌문화를 한눈에 볼 수 있는 박물관이자 생태공원이다. 공원의 중심 테마 중 하나가 설문대할망 설화인데, 제주 돌 이야기에 설문대할망 이야기가 빠질 수 없기 때문이다. 전설에 따르면 한라산과 360여 개의 오름을 비롯해 우도, 마라도 등 부속섬들까지 모두 설문대할망의 손길로 만들어졌다. 제주도 자체가 곧 설문대할망이고, 제주의 돌은

모두 할망의 분신이라는 얘기다. 돌문화공원은 조형물뿐 아니라 건물·공원의 모양과 전체 구조까지 전설을 형상화한 모습으로 조성되어 있다. 정원이며 산책길을 걷다 보면 신화가 자연스레 몸속으로 흘러들어온다. 제주도가 들려주는 이야기를 깊게 호흡하며 걷는다.

백록담과 산방산

설문대할망은 치마폭으로 흙을 퍼 날라 제주도를 만들었다. 가장 높은 봉우리가 한라산이고, 치마에서 떨어진 흙부스러기들은 수많은 오름이 되었다. 이 중 다랑쉬오름의 봉우리가 유난히 뾰족하여 주먹으로 치니 움푹한 굼부리가 생겼다. 한라산도 너무 높아 꼭대기를 한 줌 떠서 던졌는데 이때 떠낸 부분이 백록담이고, 남서쪽에 떨어진 덩어리가 산방산이다. 형제섬도 이때 떨어져나간 부스러기라고 한다. 제주 서남쪽을 지나다 보면 눈에 가장 먼저 띄는 산방산. 산도 아닌 듯 오름도 아닌 듯 희한한 모양새로 서 있다. 어째 저런 산이 다 있을까 신기하게 바라보던 사람들은 이야기를 듣고 과연, 고개를 끄덕이게 되는 거다. 이야기의 진위를 따지는 건 다른 분들에게 맡겨도 된다. 우리가 원하는 건 듣는 순간 고개를 끄덕이며 웃음 짓는 것. 여행자에겐 그걸로 충분하다.

제주 구석구석

설문대할망은 빨래를 즐겨 했다고 한다. 관탈섬과 지귀도(혹은 마라

또)를 밟고, 성산일출봉을 빨래구덕 삼고 우도를 빨랫돌 삼아 빨래를 했단다. 가끔 백록담을 돌베개 삼아 누워 낮잠을 자기도 하고. 이때 할망 키가 워낙 커서 다리가 관탈섬까지 뻗었는데, 관탈섬에 난 구멍과 범섬 콧구멍바위는 모두 이때 다리를 잘못 뻗어 생겼다고 한다. 일출봉 기슭에 등경돌이라는 돌이 있다. 설문대할망이 사람들을 위해 어둠을 밝혀준 등댓불이었다고도 하고 바느질할 때 등잔을 올려놓았던 받침대라고도 한다. 조천 엉장메코지도 전설이 깃든 곳이다. 사람들이 육지와 이어지는 다리를 원하자 할망은 대가로 명주속옷을 만들어 달라 했다. 힘껏 명주를 모았지만 필요한 100통 중 1통이 모자라 속옷을 만들지 못했고 그때 다리를 놓다 만 흔적이 엉장메라고. 또 제주시 한천 인근의 족두리바위는 할망이 쓰던 모자였다고 하며, 자기 키가 궁금했던 할망이 물장오리에 들어갔다는 전설도 유명하다. 이처럼 설문대할망의 이야기는 제주 곳곳 어디서나 찾아볼 수 있다.

여신을 기리는 마음

넓은 백사장으로 유명한 표선 해수욕장으로 간다. 해변 옆에 당캐포구(표선항의 옛이름)가 있고 한쪽에 '세명주할망당'이라는 신당(神堂)이 있다. 세명주는 설문대할망이 내려와 당신이 된 거라고들 한다. 이곳엔 원래 포구와 백사장이 없었다. 큰바람만 불면 높은 파도가 마을을 덮쳐 사람들의 삶이 매우 힘들었다. 그러자 마을 수호신인

세명주가 어느 날 밤, 마을의 모든 말과 소를 동원해 인근의 매오름에서 나무들을 베어오고 주변 흙으로 포구를 메워 버렸다. 밤새 천둥치는 소리가 났고 이튿날 사람들이 일어나보니 집안의 말과 소의 등이 모두 터지고 도끼는 날이 모두 무뎌져 있었다. 그렇게 포구가 생겼고 오랜 세월 모래가 쌓여 지금의 넓은 백사장이 되었다. 이에 마을사람들은 여신을 위해 당을 세우고 지금도 제를 올린다.

산을 지키는 499명의 형과 섬이 된 막내

이제 설문대할망이 애써 흙을 퍼 날라 만들었다는 한라산에 가보자. 영실에 가면 수많은 바위들이 하늘을 바라보며 늘어서 있다. 할망의 자식들이라는 오백장군이다. 아들을 오백이나 두었던 할망은 어느 날 사냥 나간 아들들에게 먹일 죽을 끓이다 가마솥에 빠져 죽고 만다. 돌아온 아들들은 죽을 맛있게 먹었고, 늦게 돌아온 막내가 솥에서 뼈를 발견하고 어멍이 죽은 걸 알아차린다. 막내는 어머니가 빠진 줄도 모르고 죽을 먹은 형들과는 살 수 없다며 멀리 달려가 차귀도(장군바위)의 바위가 되었고, 슬피 울던 형들 역시 바위로 굳어졌다는 이야기다. 오백장군은 어머니를 기리는 마음으로 계속해서 제주도를 지켜주고 있다 한다.

설문대할망은 옥황상제의 딸이었는데 죄를 지어 땅으로 쫓겨났다 했다. 하늘에서 쫓겨난 존재가 땅에 내려와 신이 되었다는 얘기쯤이야 흔하다. 우리 삶이 때론 벌이라 생각할 만큼 힘들기 때문인지도 모른다. 잠시 벌을 받고 있는 거라고, 다 치르면 좋은 일이 있을 거라고 믿고 싶은 게 아닐까. 세상 어디에나 어머니의 모습을 한 신이 있는 것도 결국 같은 의미다. 우리는 가장 힘들 때 어머니를 찾으니까.

그래서 우리는 이야기를 만들어내는 거다. 이야기를 만들어 전하고, 그 이야기에서 희망을 찾아내기도 하면서 서로를 위로하며 살아가는 거다. 그게 이야기의 힘이다. 사람 사는 곳에는 이야기가 있다. 그 이야기들을 찾아가는 것이 여행이며, 삶이다.

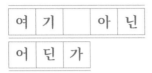

여기 아닌 어딘가

끝이 보인다
처음에
불쑥 맞닥뜨린 곳으로부터
자꾸만 끝이 달려온다

마주 달려오는 모습은 낯이 익기도 해서
아는 얼굴과 너무 닮아서
차마 외면할 수 없다는
변명은 완벽하여 측은한 악의의 허울

갈 수 없다면
가로막은 끝의 뒤 넘어갈 수 없다면
처음으로

끝과 눈이 마주친 시작의 등 너머로

끝에 갇혔을 때
초조하게 멈춘 발길
갈 데 끝뿐일 때
돌지 말고 마주하라 시작에 서라

295

바다가
떠오르거든

꼭 읽고 싶은 시집이 있어 도서관에 가서 자료 검색을 했는데 나오질 않습니다. 어라? 다른 도서관을 찾아봅니다. 어디에도 없습니다. 물론 모든 도서관을 다 뒤진 건 아니고 온라인으로 자료 검색이 가능한 곳만이긴 하지만, 저는 좀 골이 나서 과장하여 외쳤죠. "제주도 내 도서관에 OO의 책이 한 권도 없어!" 다행히 모 서점에 있다는 고마운 정보를 입수하여(사실 구매하려던 건 아니었지만) 딱 한 권 있는 시집을 구할 수 있었습니다. 눈도 손도 닿기 힘든 곳에 꽂힌 시집을 꺼내다가 예전 생각이 났습니다.

제주에 살러 온 지 이틀이나 됐을까요. 머릿속에서 맴도는 시구 하나가 있습니다. 이게 그러니까 윤동주 시인데, 그 다음이 뭐더라? 이럴 땐 찾아서 확인을 해봐야 직성이 풀리는 성격인지라 아직 정리가 안 된 책상자를 풉니다. 마침 잘 되었다며 책장에 꽂기 시작

합니다. 그런데 웬걸요. 마지막 한 권마저 윤동주 시집이 아닙니다. 그뿐만이 아니라 이상, 이상화, 곽재구, 전부 안 보입니다. 짐 이래봐야 얼마 안 되니 다른 상자에 들어갔을 리도 없습니다. 책상자 하나가 통째로 없어진 겁니다.

강원도에서 전라도로 전라도에서 배를 타고 제주로, 택배 하나 안 부치고 손수 이삿짐을 날랐는데 대체 무슨 일이 일어난 걸까요? 머리를 쥐어뜯으며 오백 가지 가설을 떠올려봤지만 그런다고 사라진 책들이 나타나진 않습니다.

포기가 빠른 겁니다. 서점 어딨냐? 이사를 도와준 동생에게 물어 책을 사러 갔습니다. 《하늘과 바람과 별과 시》 다들 아시지요? 대한민국 사람이면 누구나 알고 국민들이 가장 사랑하는 시집이니 어느 서점에나 있을 테죠.

… 꿈이 야무졌더군요.

제주 시내에서 크다는 서점을 다 가 봤는데 없더라구요.《하늘과 바람과 별과 시》.

저는 말도 못하게 충격을 받았습니다. 제주가 문화의 불모지인가. 전혀 예상 못한 부분이었죠. 하지만 얼마 안 가 오해란 것도 알았습니다. 제주가 아니라 우리나라 전체가 책의 공동묘지가 된 지 오래더군요. 시인의 이름을 막론하고, 안 팔리는 시집은 어느 대형서점을 가 봐도 거의 없더라구요. 이러나저러나 우울한 건 매한가지지만요.

결국 윤동주 시집은 온라인으로 구입했고 이상화, 박노해, 기형도… 생각날 때마다 하나씩 새로 장만하는 중입니다. 절판되어 구할 수 없는 책이 많아 그때마다 땅을 치면서요. 대체 내 책들은 어디로 갔단 말이냐고.

그렇게 몇 년이나 속을 끓였는데 얼마 전부터는 그러지 않기로 했습니다. 책들은 모두 바다로 간 거라고 생각하기로 했거든요. 배를 타고 건너온 그 바다에, 책과 그 안의 언어와 그림과 이야기와 시들이 모두 있는 거라고, 아주 사라진 게 아니라고 말이지요.

글이 좀처럼 써지지 않을 때, 먼바다만 황망히 눈앞에 아른거리는 이유를 이제야 알 거 같습니다. 말들이 저를 부르는 거지요.

불현듯 눈앞에 떠오른 바다가 사라지지 않을 때가 있으신가요? 그 럴 때는 꼭 오세요. 잃어버린 줄 알았던 무언가가 당신을 부르는 건지도 모르니까요. 어느 바닷가에서 만날 당신에게 찬찬한 기다림을 보냅니다.

섬에 눈이 내립니다

나는 한때 바다에 내리는 눈을 보는 게 꿈이었습니다

바다에 스며드는 눈을 바라보며 시를 쓰고 싶었습니다

꾹꾹 눌러 묻고 한 번도 꺼내보지 않았던 꿈

갑자기 눈앞에 나타난 모습에 놀라

엉엉 소리내어 울어 버리고 말았습니다

행복한 울음이었습니다

그래서 괜찮습니다

고맙습니다

이 풍경을 내게 보여주어서

이 풍경을 볼 수 있는 눈을 주서서

고맙습니다

괜찮다고 말해주어서

301

괜찮지만
괜찮습니다

괜찮지만 괜찮습니다

ⓒ시린, 2019

초판 발행일 ㅣ 2019년 12월 17일

글·사진 ㅣ 시린
펴낸이 ㅣ 박효열

편집 ㅣ 박세라
디자인 ㅣ 전소영
제작처 ㅣ 신도인쇄

펴낸곳 ㅣ 대숲바람
등록번호 ㅣ 342-91-00751
주소 ㅣ 서울시 서대문구 연대동문길 120 타임힐 102호
전화 ㅣ 02-418-0308
팩스 ㅣ 0504-467-1416

ISBN ㅣ 978-89-94468-12-9 03810

※ 이 책의 판권은 작가와 대숲바람에 있습니다.
　이 책 내용의 전부 또는 일부를 재사용하려면 반드시 양측의 서면 동의를 받아야 합니다.
※ 이 도서의 국립중앙도서관 출판예정도서목록(CIP)은 서지정보유통지원시스템 홈페이지
　(http://seoji.nl.go.kr)와 국가자료종합목록시스템(http://www.nl.go.kr/kolisnet)에서
　이용하실 수 있습니다. (CIP제어번호 : CIP2019048315)

──────────────────────────────

이 책은 문화체육관광부, 제주특별자치도, 제주문화예술재단의 기금을 지원받아 발간되었습니다.